KB143269

억새는 홀로 울지 않는다

억새는 홀로 울지 않는다

발 행 | 2016 년 12월 01일

지은이 | 박미정
펴낸이 | 신중현
펴낸곳 | 도서출판 학이사
출판등록 : 제25100-2005-28호
주소 : 대구광역시 달서구 문화회관11안길 22-1(장동)
전화 : (053) 554~3431, 3432
팩스 : (053) 554~3433
홈페이지 : http : // www.학이사.kr
이메일 : hes3431@naver.com

ISBN _ 979-11-5854-041-8 03810

어머니는 홀로 울지 않는다

박미정 수필집

學而思 | 학이사

작가의 말

'첫 번째 수필집은 겁 없이 낸다.' 는 말이 마음에 와 닿는다. 등단을 하고, 가슴에 품은 실타래를 하나씩 풀어내는 동안에는 좋기만 하였다. 정작 혼란스러웠던 것은 저지레하듯 마음 가는 대로 끄적거린 졸작들을 다시 대하면서였다. 겁이 덜컥 났다. 도망가고 싶었다. 소름이 끼쳤다. 어쩌자고 나는 이런 엄청난 일에 도전했는가.

잠 못 드는 깊은 밤, 나는 나를 정직하게 들여다보았다. 부끄러운 민낯을 드러내는 일이 쉽지 않았다. 그러나 오랜 시간 간절히 원해 왔던 일이었음을 숨길 수 없었다. 그것은 마치 열병과도 같았다. 어쩌면 나는 이루어질 수 없는 사랑에 빠졌는지도 몰랐다. 수필을 탐내며, 수필이 되고자 얼마나 많은 밤을 지새웠던가.

용기를 주신 분들이 많았다. 늦은 시각까지 컴퓨터 앞에 앉아 있는 아내에게 '마 그만해라. 호박이 줄 긋는다고 수박 되나.' 하면서도 슬그머니 차 한 잔 들이미는 남편과, '꽃밭에는 여러 꽃들이 어우러져야 아름답다.' 며 하찮은 생각, 치졸한 표현 하나까지도 눈 여겨 봐 주신 小珍 박기옥 선생님과 '에세이 아카데미' 문우들, 나의 오늘이 있게 한 사랑하는 이들에게 이 책을 바친다. 몹시 설렌다.

2016년 12월 앞산 자락에서

박 미 정

차례

1부 감꽃이 필 무렵

2부 억새는 홀로 울지 않는다

3부 똥통 이야기

4부 시산제가 있는 풍경

1부
감꽃이 필 무렵

감꽃이 필 무렵

밀양으로 가는 길은 언제나 마음이 바쁘다. 삽짝에 미리 나와 기다리고 계시는 시어머님 때문이다.

시골집 앞마당에는 60년 된 감나무가 장승처럼 서 있다. 10월이면 주렁주렁 감이 열리는 탐스러운 나무는 어머님이 시집 와서 심은 나무다. 자식을 5남매 두는 동안 감나무도 이에 뒤질세라 오렌지색 열매를 해마다 잉태했다. 지금은 팔순이 넘은 어머님의 모습처럼 가지는 앙상하고 나뭇잎은 윤기가 없다. 늘어진 가지마다 지지대를 받친 모양은 지팡이를 짚고 동구 밖으로 우리를 마중 나오는 어머님의 모습을 닮았다. 나는 시골에 내려 갈 때면 늘 도착 시간보다 미리 나와서 기다리는 어머님 때문에 고개를 넘을 때쯤에야 출발한다고 전화를 한다.

내가 시집가기 전의 일이다. 바람 불고 장마가 유독 길었던 여름밤부터 아버님은 집을 비우기 시작했다. 외도였다. 어머님은 대청마루에 우두커니 앉아서 감나무를 바라보며 남편을 기다렸다. 밤을 꼬박 새운 날도 하루 이틀이 아니었다. 감나무는 말이 없고 바람 부는 대로 흔들렸다. 장마철에는 지루하게 내리는 비를 맞으며 어머님과 함께 밤을 밝히기도 했다. 감나무는 아버님의 모습이었다가 어머님의 모습이었다가 했다.

신새벽 희뿌연 어둠을 헤치고 감나무 밑으로 아버님이 나타나면 어머님은 말없이 일어나 쪽방으로 들어가 방문을 잠갔다. 그 무언의 뒷모습이 남편에 대한 원망이요, 항변이었으리라.

가을을 넘기고 겨울이 지나 해가 바뀌어도 아버님의 바람은 끝나지 않았다. 오히려 딴 살림을 차려 집에 들어오지 않는 날도 많았다.

봄이 되니 마당에는 감꽃이 우수수 떨어졌다. 농사일도 바쁘고 자식들은 감꽃을 꿰어 목걸이를 만들며 뛰어다니는데, 기막힌 심정을 어디에도 호소할 데가 없어 아버님을 찾아 나서기로 했다. 동네방네 애타게 찾아봐도 남편은 보이지 않고 설상가상으로 일꾼이 달려와 송아지가 없어졌다고 알려 왔다. 남편을 찾는 건지 송아지를 찾는 건지 하루 종일 헤매다가 허탈한 마음으로 집으로 돌아와 방문을 열었더니 아랫목에서 송아지가 '음메에' 하며 인사를 했다. 경황 중에 방문이 열린 틈을 타서 송아지가 안방으로 들어간 모양이었다. 남편 대신 아랫목을 차지하고 있는 송아지가 반갑기도 하고 어이없기도 하여 빗자루를 들고 때리려 하다가 송아지나마 방에 있음이 고마워 슬그머니 물러나고 말았다.

철부지 새댁이었던 나는 시어머님이 들려주시는 이야기에 어머님의 문드러진 속은 헤아리지 못한 채 방문이 열린 틈을 타 끄덕거리며 방안에 들어갔을 송아지만을 생각하고는 웃음을 터뜨리기 시작했다. 아버님을 위해 아랫목에 묻어 두었던 밥그릇까지 송아지가 엎어서 밥알 하나 남기지 않고 핥아먹었다는 어머님의 말에는 배를 쥐고 웃다가 사레가 들어 주방으로 달려가 물을 찾았다.

나이 먹어 늙은 감나무는 열매가 작아졌다. 자식들은 감 수확도 신통찮은데다 바람 불면 온 마당이 나뭇잎으로 뒤덮여 지저분하기도 하고 위험하다며 감나무를 없애자고 했다. 마당을 쓸고 나면 잎이 또 쌓여 혼자 사시는 어머님을 귀찮게 할 뿐이라고 나온 의견이지만 어머님은 눈물을 보이며 결사반대를 했다. 속썩이던 아버님이 돌아가신 후 어쩌면 마당 귀퉁이에 듬직하게 서 있는 감나무를 남편처럼 의지하고 사셨는지도 모를 일이었다. 나 또한 감나무 없는 마당은 생각만 해도 썰렁하고 허전했다. 봄이면 봄대로 가을이면 가을대로 감나무는 아버님의 모습이었다. 나는 단호히 반대의 기를 들었다. '어머님이 살아 계시는 동안은 나무에 손 댈 수 없다' 고.

오늘도 대청마루에 걸터앉아 차오르는 햇살 위에 힘겹게 새순을 뿜어내는 늙은 감나무를 바라본다. 장독대에서는 어머님이 샛노란 된장을 퍼내고 있다. 며느리 가는 길에 무청 시래기와 함께 챙겨주기 위해서다. 된장을 받아들고 차에 오르니 백미러 뒤에서 멀어져 가는 어머님의 모습이 애잔하다. 머지않아 감꽃이 피게 되면 다시 내려와 노란 감꽃 목걸이를 만들어 드리리라.

찔레꽃

수변공원의 싱그러운 녹음이 마음을 편안하게 한다. 이곳의 5월은 해마다 장미축제로 아름답다. 시원한 분수가 물줄기를 뿜어내고 형형색색의 장미와 아카시아 꽃 내음이 천지에 향기롭다.

나는 수변공원을 지나 한적한 작은길 걷기를 좋아한다. 마을 입구, 느티나무가 있는 그곳에는 시골풍경이 고스란히 남아있다. 옹기종기 정다운 돌담이 있고 길가에는 직접 농사지은 푸성귀를 파는 할머니들이 오가는 사람들의 눈길을 잡기 위해 분주하다. 이곳이 내게 더 정다운 이유는 도랑 건너 산기슭에 보얗게 핀 찔레꽃이 있기 때문이다. 공원 둘레를 가득 매운 각양각색의 화려한 장미를 두고 구태여 찔레꽃을 찾아 산기슭을 올라간다.

찔레도 장미처럼 가시가 있다. 꽃말은 고독, 신중한 사랑, 가족에 대한 그리움이다. 소리꾼 장사익은 찔레꽃을 '순박한 꽃'이라 했다.

> 하얀 꽃 찔레꽃 순박한 꽃 찔레꽃
>
> 별처럼 슬픈 찔레꽃 달처럼 서러운 찔레꽃
>
> 찔레꽃 향기는 너무 슬퍼요 그래서 울었지
>
> 목 놓아 울었지

찔레꽃에는 슬픈 옛 이야기가 전해져 내려오고 있다. 고려시대에 찔레라는 예쁜 처녀가 있었다. 나라의 힘이 없던 때라 고려 처녀들은 원나라의 공물로 바쳐지곤 했다. 산골에서 병든 아버지를 모시고 살던 찔레와 달래 자매가 있었는데 잡혀갈까봐 꼭꼭 숨었지만 관원들에게 들키고 말았다. 사정사정하여 동생 달래는 병든 아버지를 모시려고 집에 남고, 언니 찔레만 원나라로 끌려갔다고 한다. 다행히 좋은 주인을 만나 잘 지내던 찔레가 10년 만에 고려로 돌아왔다. 무심한 세월 속에 아버지는 죽은 뒤였고, 달래는 집을 뛰쳐나가고 말았다. 동생을 찾아 사방을 헤매던 찔레는 산 언덕에서 죽고 말았는데 봄이 되자 그 자리에서 하얀 꽃이 피었다고 한다.

찔레꽃은 주로 흰색으로 피어나는데 간혹 분홍색으로 피는 꽃도 볼 수 있다. 가수 백난이의 '찔레꽃 붉게 피는 남쪽나라 내 고향' 이란 노랫말은 1941년 무렵, 만주 공연을 다녀 온 뒤에 만주 독립군들이 고향을 바라보는 심정을 담아 만든 노래라고 한다. 여기에 말하는 붉은 찔레꽃이란 남해안 바닷가에 피는 해당화를 붉은 찔레꽃으로 표현했다는 설이 있다.

바람에 하늘하늘 꽃잎이 애처롭다. 내 어릴 적 친구와 함께 찔레의 어린순을 껍질 벗겨 먹었던 생각이 걸음을 멈추게 한다. 찔레의 슬픈 이야기 때문일까. 갓 세수를 하고 나온 화장기 없는 민얼굴의 청순한 처녀 같다. 찔레의 모습이 이랬을까. 찔레 순에 손길이 간다. 순 위의 동글동글 봉오리가 꽃을 피우려 하고 있다. 내려오는 길에 폰에서 흘러나오는 찔레꽃 노래가 애절하다. 장사익은 이 노래를 부르면서 그 옛날 찔레 처녀의 슬픈 이야기를 생각했을까. 아니면 만주 독립군들의 고향을 그리는 마음을 담아 노래했을까.

장미공원에는 여전히 사람들이 붐빈다. 주말이면 분위기를 살리기 위하여 수시로 각종 공연도 한다. 사람들은 은은하게 들려오는 색소폰 소리를 들으며 장미꽃에 취한다. 그러나 나는 화려한 장미 뒤로 넝쿨을 이루고 있는 찔레꽃에 자꾸만 눈이 간다. 화려한 장미보다 순박한 찔레꽃에 마음이 가는 것은 찔레꽃에 얽힌 슬픈 이야기 때문은 아닐는지. 돌아오는 길에 아득하게 멀어져 가는 색소폰 소리가 심금을 울린다.

탑돌이 사랑

집 앞 빵집 매장이다. 진열대 위에 즐비하게 늘어선 각종 초콜릿이 눈길을 끈다. 그러고 보니 오늘이 2월 14일, 발렌타인데이다. 발렌타인데이는 공휴일도 아니고 특별한 형식이 있는 것도 아니지만, 세계의 수많은 남녀들이 하트형 카드나 초콜릿, 케익 등의 선물로 사랑을 고백하는 날이다.

발렌타인데이의 유래는 로마시대까지 거슬러 올라간다. 당시 남녀 간의 결혼은 황제의 허락을 받아야만 가능했는데, 발렌타인 신부는 이를 거역하고 사랑하는 이들을 황제의 허락 없이 결혼을 시켜 준 죄로 순교했다. 이후 사람들이 그가 순교한 날을 '발렌타인데이' 로 기념하여 이날 만큼은 여자가 남자에게 사랑을 고백하는 것이 허락되는 날로 정했다. 사랑을 전달하는 매개체로 초콜릿이 이용되는 것은 초콜릿의 달콤함 때문이라고 한다. 우리나라에서도 이날은 여성이 남성에게 초콜릿을 선물하는 것이 관습이 된 지 오래다.

예전에도 우리나라에는 발렌타인데이와 비슷한 탑돌이 풍습이 있었다. 보름날 달밤에 남녀가 탑을 돌면서 눈이 세 번 마주치면 결실을 맺는 날이었다. 삼국유사에도 금현이라는 사나이가 탑돌이에서 사랑을 맺었다는 기록이 나와 있다. 탑돌이 풍습은 오랫동안 이어져 오다가 세조 때는 지금의 원각사 탑돌이가 너무 문란하다고 하여 조정에서 문제가 되기도 했다.

진열대에서 은색 포장이 된 초콜릿 하나를 손에 쥔다. 저녁밥상 머리에 초콜릿을 올려놓는다. 아들이 눈을 반짝이며 손이 먼저 간다. 보고 있던 남편이 아들 손에 든 초콜릿을 낚아챈다. 그리고는 인정사정없이 한 입 덥석 깨물어 와작와작 씹는다. 초콜릿을 빼앗긴 아들은 의외라는 듯 멍하니 그 모습을 쳐다본다. 초콜릿을 입에 물고 남편이 하는 말,

"엄마사랑 1순위는 당연히 아빠다."

아들도 지지 않고 한마디 한다.

"지금은 아빠보다 저를 더 사랑할걸요."

부자가 답변을 기다리듯 나를 빤히 쳐다본다.

"아이구 큰일났네! 하나 더 사 올 걸. 이러나저러나 모두 사랑합니데이."

요즘은 상품 앞에 데이(day)만 붙이면 기념일이 된다는 말이 나돌 정도로 데이가 유행이다. 화이트데이가 며칠 남지 않았다. 이날은 남자가 여자에게 사탕을 선물하는 날이라 하니 기다려볼 일이다. 부자父子가 서로 다투어 자기들의 사랑은 내가 먼저라고 했으니. 발렌타인데이도 화이트데이도 좋지만 이왕이면 원각사 어디쯤에서 재미있는 탑돌이 사랑을 해 보고 싶다.

양지꽃

봄볕이 아까워 가던 길을 멈추고 밭두렁 위에 앉았다. 논두렁 밭두렁 사이로 나물 캐는 아낙들의 모습이 정겹다. 어릴 적 어머니와 나물캐던 추억 한 가닥이 아른거린다.

비탈진 돌 틈 사이에 노란 양지꽃이 앙증맞다. 가녀린 양지꽃을 보는 순간 오래전에 보았던, 어머니가 처녀 시절에 찍은 빛바랜 흑백사진이 머리를 스친다.

사진으로 본 그 시절의 아담했던 어머니 모습은 가냘픈 양지꽃을 닮았다. 흰 저고리에 검정 치마가 기억 속에서 나풀댄다. 그때의 어머니 말씀이 생각난다. 노랑 저고리를 입었는데 흑백사진이라 흰 저고리로 나왔다고 하셨다. 새순처럼 여려 보였던 어머니의 모습이 우리 4남매 뒷바라지에 가시 돋친 엉겅퀴가 되어 버렸는지도 모른다.

양지꽃은 장미과의 여러해살이 풀로 산기슭이나 밭 주변에서 많이 볼 수 있다. 해가 뜨면 꽃이 피고 해가 지면 꽃잎이 오므려 든다. 양지쪽에 잘 자란다고 하여 양지꽃이라 불리고 소시랑개비. 위릉채라고 불리기도 한다. 이른 봄부터 초여름까지 핀다. 자생력과 생명력이 매우 강한 식물이다. 중간 부분이 절단되어도 그 부위가 곧 회복되어 뿌리를 내리고 새순이 돋는다. 잎 가장자리의 톱니가 크면 돌양지꽃. 잎이 손바닥 모양이면 가락지나물, 잎이 길게 갈라지면 딱지꽃이다.

살아오면서 어머니의 모습은 양지꽃이었다가 엉겅퀴꽃이었다가 했다. 양지꽃으로만 살아오기에는 아버지가 일찍 돌아가셨고, 우리 4남매 돌보기도 쉽지 않았을 것이다. 세상풍파에 가시 돋친 엉겅퀴가 되었다가 자식 앞에서는 다시 온화하고 따뜻한 양지꽃이 되었다.

세상이 당신을 속일 때에도 자식이 당신을 실망시킬 때에도 어머니는 마음 후미진 한 곳에 잘려나간 가슴의 상처를 다독거려 생명력 강한 양지꽃처럼 뿌리를 내리셨다. 긴 세월 오직 한 길로 우리를 보듬고 살아 온 어머니가 봄바람에 하늘거리는 양지꽃처럼 아름답다.

밭둑에서 양지꽃을 보며 어머니께 안부 전화를 한다. 오빠와 나들이 중이라고 하신다. 나는 어머니께 너스레를 떤다. 뜬금없이 양지꽃이 어머니를 많이 닮았다고 했더니 양지꽃이 어떻게 생겼는지 궁금해 하신다. 어머니는 운전하는 아들에게도 물어보는지 휴대폰 속에서 들려오는 모자母子의 목소리가 정답다.

꽃샘바람이 분다. 나물 캐는 아낙들은 불어오는 바람에 나물 소쿠리를 붙잡으며 옷깃을 여민다. 어느새 햇살이 등 뒤로 달아난다. 양지꽃을 궁금해 하시는 어머니를 생각하니 불현듯 내 마음에서 어머니께 양지꽃을 데리고 가자고 난리를 친다. 대신 카메라에 양지꽃을 담아본다. 들꽃은 들꽃일 때 가장 아름다운 것이기에.

힘들었던 어머니의 지난 세월이 음지였다면, 이제는 자식들의 품속에서 따뜻한 양지로 행복하셨으면 좋겠다. 발걸음을 옮기며 아쉬워 뒤돌아보니 밭두렁 돌 틈 사이에 양지꽃이 수줍은 듯 바람에 파르르 떤다.

뚝방길

낙동강변이다. 뚝방길에 개망초가 나비를 유혹한다. 길게 뻗은 뚝방길을 걸으면 가슴이 탁 트인다. 멀리 강물이 내다보이고, 굽이굽이 이어진 밭두렁 논두렁이 평화롭다. 뚝방길은 홍수나 수해를 예방하기 위해 큰 강변에 설치하는 방파제 역할도 한다.

뚝방길은 말만 들어도 친근감이 든다. 지난해, 개양귀비 꽃이 활짝 핀 경남 함안의 뚝방길에 다녀왔다. 오월의 햇살을 받은 양귀비와 물망초가 어우러져 그야말로 환상이었다. 멀리 보이는 풍차는 고즈넉한 뚝방길의 낭만을 느끼기에 충분했다. 여기저기서 아름다운 경치에 환호성을 지르는 사람들의 들뜬 목소리가 들려오곤 했다. 뚝방길을 뒤로 하고 마을로 접어들면 여름의 코스모스라고 불리는 금계국이 쌍떡잎을 자랑하고, 흙냄새 풀

냄새가 콧노래를 흥얼거리게 했다. 함안 뚝방길은 아름다운 길로 이름난 곳이기도 하다.

유년시절, 뚝방길의 정겹고도 슬픈 추억이 있다. 여름방학이면 시골 외삼촌 댁에 놀러 갔었다. 넓은 강줄기를 바라보며 거닐었던 뚝방길에 외삼촌은 염소 한 쌍을 말뚝에 메어 놓고 소꼴을 베기 시작했다. 삼촌의 낫질에 고개 떨군 잡초들은 어느새 커다란 둥치가 되어 뚝방길 가장자리에 놓였다. 삼촌은 나를 풀 둥치 위에 앉혀 놓고 풀피리를 불어 주셨다.

염소와 한참을 놀고 있으면 할머니가 뚝방길로 손을 흔들며 걸어오셨다. 옆구리에 낀 소쿠리에서 따뜻한 훈기가 느껴졌다. 보슬보슬 분이 터진 감자를 내게 먼저 건네주시고, 할머니를 보고 '음메' 인사하는 염소에게도 몇 알 던져주셨다.

설탕이 귀하던 그 시절에는 삼성당 가루를 넣고 감자를 쪘다. 지금도 그 달착지근한 맛을 잊지 못해 햇감자가 나오는 유월이면 감자껍질을 벗긴다. 불 위에서 감자가 자작자작 뜸 드는 소리가 나면 냄비의 양 귀를 잡고 흔들어 댄다. 보얀 감자분이 터져 절로 입안에 군침이 돌곤 했다.

염소 울음 소리에 하늘을 보면 어느덧 해는 뉘엿뉘엿 서산에 기울어 뚝방길 위에 어둠이 깔렸다. 삼촌은 지게에 소꼴을 단단히 묶어 등에 지고, 할머니는 말뚝에 메어 둔 염소를 풀어 한적한 뚝방길을 내려가셨다. 나는 할머니가 몰고 가는 염소 주위를 빙글빙글 돌면서 좋아서 뛰었고, 염소는 놀라서 뛰었다. 할머니는 손녀가 고삐 풀린 망아지처럼 설쳐대는 통에 행여 넘어질세라 안절부절못하셨다.

뚝방길이 즐겁고 행복했던 기억만 있었던 것은 아니었다. 어느 해 할머니는 노환으로 세상을 떠나셨다. 뚝방 인근에 선산이 있어 장례를 매장식으로 했다. 스무 살이 넘은 나도 상복을 갖추어 입고 장례행렬에 줄을 섰다. 할머니가 생전에 자주 가셨던 길을 꽃상여가 한 바퀴 돌았다. 할머니가 가뭄이 든 논밭에 물꼬를 열었던 두렁길 근처에서도 상여는 한참을 머물렀다. 상두꾼의 구슬픈 향도가香徒歌가 가슴을 적셨다. 상여가 마지막으로 들린 곳은 어린 시절 할머니와 행복했던 뚝방길이었다.

나는 할머니와 즐거웠던 그 시절이 생각나서 가슴이 울컥했다. 손녀가 뚝방길에서 뛰다가 넘어질세라 노심초사勞心焦思하시던 모습이 눈앞에서 자꾸만 아른거렸다. 눈물을 훔치는 내 곁으로 곡을 하시던 외삼촌이 다가와 등을 토닥거려 주셨다.

장례를 마치고 내려오는 뚝방길 위로 꽃상여를 태우는 희뿌연 연기가 녹음 속으로 사라져갔다. 나는 걸어 나온 뚝방길 끝자락에서 이제는 다시 보지 못할 할머니 생각에 하염없이 서 있었다.

낙동강 뚝방길에 노을이 깔린다. 습지보호지역으로 지정된 갈대밭에는 통행이 금지되어 있다. 긴 여름이 지나고 가을이 오면 온 천지가 은빛 갈대로 장관을 이룰 것이다. 뚝방길에서 보는 해넘이는 갈대밭에 불을 지른 듯 붉게 물든다. 청년이 자전거의 페달을 힘차게 밟으며 달려온다. 길가에 초목들은 또 다른 계절을 준비하는데, 뚝방길 위로 흙먼지를 날리고 간 자전거는 다시 돌아오지 않는다. 가 버린 할머니처럼.

다슬기잡이

자동차 트렁크에 다슬기잡이 장비들을 싣고 문을 닫으려 하니 짐이 너무 많아 차문이 닫히지 않으려고 한다. 오늘의 행선지는 고령의 용암계곡이다.

다슬기는 저지방 단백질로 시력보호와 신장에 좋다. 아미노산이 풍부하여 간 기능 회복에도 도움을 준다. 조선시대 허준의 《동의보감東醫寶鑑》과 중국 명나라 이시진의 《본초강목本草綱目》에도 효능이 자세하게 기록되어 있다.

계곡에 도착했다. 일행들은 제각기 장비를 챙기고 다슬기 잡을 채비를 한다. 바람을 타고 아카시아 향기가 코끝을 간지럽힌다. 무성한 머리카락 사이로 가르마를 내듯 앞서가는 일행이 계곡의 우거진 풀 섶을 장대로 헤치며 길을 낸다. 장대에 휘둘린 개망초 꽃이 비스듬히 허리를 구부린다. 다슬기는 한낮보다는 저녁 해거름에 모습을 많이 드러낸다. 물속의 돌 틈 사이나 풀 섶에 숨어 있기도 한다.

잡는 데에도 나름대로의 요령이 있다. 경험이 많은 사람들은 그것도 기술이라 여기는지 노하우를 잘 알려 주지 않는다. 다슬기잡이 삼매경에 빠지다가 보면 어둠이 내리는 줄도 모르고 물길 따라 앞으로 자꾸만 들어간다. 그러다가 간혹 일행을 놓치는 이변이 일어나기도 한다.

장터의 난전에서 구입한 꽃무늬도 촌스러운 몸빼 바지로 갈아입고 하나둘 물속으로 들어간다. 여기저기서 함성이 터져 나온다. 다슬기가 오늘따라 반상회를 하는지 바글바글하다. 수경水鏡을 물 위에 띄워 흔들리는 물결의 요동을 막고 물밑 다슬기사냥에 들어간다. 돌 위에 붙어 있는 다슬기잡이 손맛을 맘껏 즐긴다. 손발이 물에 담겨 있으니 아무리 한낮의 땡볕이라도 덥지가 않다. 가끔씩 다슬기를 잡았다가 실수로 물살에 흘려 보내면 돈을 주웠다가 다시 잃어버린 기분이다. 꺽지, 모래무지, 미꾸라지 등도 물속에 잠긴 발등을 간지럽히며 같이 놀자고 한다.

등판을 쬐이던 해가 서산으로 넘어가고 계곡은 어느새 어둠이 깔린다. 지금부터 본격적인 다슬기잡이가 시작된다. 야행성 다슬기의 활동이 시작되기 때문이다. 라이트를 다슬기채의 고리 부분에 달기도 하지만 이마에 띠를 두르듯 조명을 부착하고 작업을 하기도 한다. 물속의 다슬기는 라이트 불빛을 받아 모래 위에서 반짝거린다. 잡고 나면 또 나오고 손 쉴 틈이 없다. 다슬기채에 한가득 차면 미리 준비해 온 양파망에 담아 물속에 잠기도록 해 둔다. 그러면 이놈들은 한 데 엉겨 붙어 달빛 아래 사랑 놀음을 하는 건지 굼실거리는 모양이 징그럽기까지 하다.

불빛으로 하루살이가 제 죽을 줄 모르고 온몸으로 달려든다. 불빛이 없으면 보이지 않던 것들이 불빛만 보면 어디에서 날아오는지 모를 일이다. 한낮의 뜨거운 열기는 사라지고 한기가 몸을 휘감는다. 허리가 끊어질 듯 통증이 전해져 온다. 물밑을 살피던 눈동자도 물체 감지가 흐릿해져 이제는 그만 잡으라고 한다. 허리를 펴는데 신음소리가 나온다. 마무리하는 신호를 날린다. 라이트를 높이 치켜들고 어둠이 깔린 허공 속으로 빙글빙글 돌린다. 이심전심以心傳心이던가! 띄엄띄엄 떨어진 계곡에서도 일행이 응답의 신호로 라이트 불을 높이 돌린다. 마치 정월대보름날 밤에 쥐불놀이로 깡통을 돌리 듯 어두운 허공을 맴돌며 발갛게 원을 그린다.

다슬기잡이가 끝이 났다. 흩어져 있던 일행이 가까이 모이면서 허리가 아프다고 난리다. 세상일이란 게 쉬운 것이 어디 있으랴! 라이트 불빛 속에 비친 발바닥이 물에 불어 울퉁불퉁 풍선처럼 부풀었다. 양파망에 다슬기가 가득하다. 다슬기탕을 즐겨 먹을 가족 생각에 마음은 벌써 집 앞이다. 다슬기 망태기를 든 일행들의 모습이 희뿌연 달빛 속에 행복하다. 노란 달맞이꽃이 하루의 피로를 씻어준다.

반半 보기

유호연지 끝자락에 아담한 찻집이 그림 같다. 카페에 들어서니 이름 모를 차 향기가 코끝을 간지럽힌다. 연지는 어느덧 초가을로 접어들고 있다. 비가 살풋살풋 내려서인지 초록의 연잎은 유리창에 맺힌 빗방울 사이로 더욱 선명하게 보인다. 중간중간에 횃불처럼 솟아 오른 핑크빛 연꽃은 어느새 벌집 모양이 되어 동글동글 연밥을 품고 있다.

우산을 쓰고 유호연지 둘레길을 거닐다가 고성 이씨 세거지비가 새겨져 있는 '군자정' 에 이르렀다. 조선시대 이육 선생이 무오사화로 인해 유등리에 은거하면서 연을 심고 이 정자를 세웠다고 한다.

2만여 평의 광활한 연밭 사이로 후드득 떨어지는 빗줄기가 굵어졌다. 우산을 접고 군자정에 올라앉았다. 근처에서 구수한 옥수수 삶는 냄새가 연 밭 가득히 퍼진다. 군자정으로 올라오는 일행 중 한 어르신이 옥수수 담은 봉지를 풀어 헤친다. 김이 모락모락 입 안에서 군침이 돈다. 어르신이 주는 옥수수를 먹으며 이야기보따리를 풀었다.

한 어르신은 며느리가 이번 추석에는 바빠서 못 온다고 섭섭해 하고, 또 다른 어르신은 작년에 시집 간 딸이 안 와서 보고 싶다고도 했다. 이런 저런 이야기를 들으면서 시대의 변천으로 지금은 사라져 버린 유호연지의 '반半 보기' 풍속을 생각해 본다.

유교 사회였던 조선시대에는 시집 간 여성들이 명절에도 친정에서 하룻밤 묵는 것이 허락되지 않았다. 딸네들과 자주 만나지 못한 부인네들은 양가의 중간 쯤 되는 이곳에서 만나 소원했던 정분을 나누었다. 세시 풍속의 하나인 '반 보기' 는 하루 해의 반나절만 만난다고, 친정 길을 반만 가서 만난다고, 눈물이 앞을 가려 딸의 얼굴과 친정어머니의 얼굴이 반만 보인다고 하여 '반 보기' 라 했다. 그로부터 유호연지는 단지 연꽃만 피우는 곳이 아니라 여성들을 위한 반 보기 장소로도 이용되었다.

군자정 다리에 올라서니 연못 밑 물빛 속에 자신의 그림자가 사색에 잠겨 있다. 버드나무를 두른 연지에서 어머니를 그려본다. 그 시절, 애틋한 반나절 만남의 아쉬움을 가슴에 담고 새벽에 피는 연꽃이 지기 전에 다음 명절을 기약했던 여인네들의 애환을 생각하니 마음이 짠해 온다.

친정으로 가는 길에 비는 그쳐 있다. 해마다 수척해 가는 친정어머니 곁에서 오늘 하룻밤은 나란히 누워 잠들고 싶다. 추석이 오기 전에.

병실 풍경

509호 병실에 또 하루가 시작된다. 병실마다 아침을 맞이하는 소리로 분주하다. 간밤의 고통을 이겨낸 환자들의 침상 위로 아침 햇살이 번진다.

신우염 수술로 여러 날을 고생했다. 엉킨 링거줄이 하나, 둘, 몸에서 떨어져 나간다. 손거울에 비친 얼굴이 창백하다. 눈이 퀭하고 입술엔 윤기라곤 없다. 주위의 환자들 모습도 나와 별반 다르지 않다. 가볍게는 건강검진을 받으려고 하루를 입원하는 사람이 있는가 하면, 긴 날들을 암 투병으로 병원을 제 집처럼 드나드는 환자들도 더러 있다. 신음 소리는 밤이 깊을수록 커져만 간다.

아침이 밝았다. 지난밤, 다른 병실의 어느 환자가 저 세상으로 갔다는 소식이 날아든다. 갑자기 병실 분위기가 침울해진다. 그것도 잠시, 환자들은 동병상련同病相憐의 마음이 되어 서로 분위기를 바꾸며 위로한다.

손자를 혼자 집에 놔두고 입원한 옆 침상의 할머니의 애끓는 심정이 눈물겹다. 딸이 아기를 낳다가 저 세상 사람이 되었다고 한다. 사위란 사람은 자식을 버리고 다른 여자와 산다고 했다. 고스란히 갓난아기를 떠맡아 지금껏 키웠다고 한다. 자식을 가슴에 묻는 것만으로도 가슴이 무너질 텐데 손자를 혼자 키우는 할머니에게 사위는 양육비 한 푼 보내지 않는다고 한다.

훈훈한 노부부의 사랑에도 눈길이 자꾸 간다. 한시도 할머니의 간호로 자리를 떠나지 않는 할아버지가 서서히 지쳐 환자가 되어가고, 환자인 할머니가 보호자로 변해가는 애틋한 부부의 정을 훔쳐본다. 그들은 가끔씩 다투기도 한다. 추석이 다가오니 할머니는 자식들 걱정에 때 이른 퇴원을 고집한다. 할아버지는 아픈 사람이 별 걱정을 다 한다고 언성을 높인다. 자식을 생각하는 부모 마음을 자식들은 아는지 모르는지 병문안 한 사람 오지 않는다.

창가 병상에는 젊은 연인이 얼굴을 마주하고 있다. 남자가 사랑하는 여자의 병간호를 하고 있는 모양이다. 며칠간 집에도 가지 않고 간호를 하는 게 여자는 부담스러운가 보다. 남자에게 집에 가서 편히 쉬라고 얘기하지만 남자는 들은 척도 하지 않는다. 급기야는 말다툼이 시작되고, 그는 병실 문을 박차고 나가 버린다. 여자는 밤새 잠을 뒤척이며 그의 행방이 궁금한지 휴대폰을 연신 들고 있다. 끝내 남자는 연락이 없다. 여자는 링거폴대를 밀며 불편한 몸으로 밖으로 나가더니 한참만에야 돌아와 자리에 눕는다. 이불이 들썩거리는 걸로 보아 울고 있는 모양이다. 몸이 아파 우는 건지 마음이 아파 우는 건지 모를 일이다.

희뿌연 새벽이 창가로 찾아오면 환자들은 갑갑한 병실을 나와 바람이 머무는 하늘공원으로 몰려든다. 하늘공원은 5층 한편에 있는 환자들을 위한 노천 휴게실이다. 날이 갈수록 얼굴에 병색이 짙어만 가는 환자가 있는가 하면, 버들가지에 물오르듯 생기 넘치는 환자들도 있다. 병실에 오래 있다 보면 잠시 창가에 머물다 가는 햇살도 보석처럼 귀하고 고맙게 느껴진다. 자연의 어느 것 하나 헛됨이 없다. 떨어지는 단풍잎 하나에도 애잔함이 묻어난다.

노부부도 하늘공원에서 하루를 맞이한다. 벤치 위에 앉은 할머니의 머리를 빗질해 주는 할아버지를 보니 가슴이 찡해 온다. 훗날 우리도 저 노부부처럼 다정한 모습이 될 수 있을까. 닮고 싶은 모습이다.

내일이면 추석 연휴가 시작되는 날이다. 병실마다 빈자리가 많이 보인다. 노부부의 걱정이 태산이다. 차례는 지내야 되고, 보고 싶은 손주도 봐야 되는데 퇴원은 아직 이르다. 지난밤에 할아버지는 음식 준비를 걱정하는 할머니에게 음식 일체를 주문하겠다고 하신다. 할머니는 시큰둥하다. 성의 없이 차례 음식을 손수 해야지 주문을 하느냐며, 조상이 서운해 한다고 펄쩍 뛰신다. 올해만 그렇게 하자고 할아버지는 살살 애교까지 부린다. 닭살 애교를 보면서 병실은 웃음꽃이 핀다.

손자를 두고 온 할머니는 손자와 매일 전화를 하고, 창가의 연인은 말다툼으로 가버렸던 남자가 언제 왔는지 다정히 손을 잡고 있다.

원무과에서 전화벨이 울리고, 병상의 침대커버가 하나, 둘, 벗겨진다. 퇴원하는 사람들은 병실에 남은 사람들에게 쾌유를 바란다며 손을 흔든다. 나도 잘 가라며 손을 번쩍 들어 답례한다. 추석맞이를 할 수 있는 사람들이 부럽다. 텅 빈 병상이 썰렁하다.

시골에 계시는 어머님께 찾아뵙지 못하여 죄송하다고 전화를 하고, 병원 정문까지 링거폴대를 끌고 나왔다. 도로변에 차를 세우고 시골집으로 떠나려는 남편과 아들을 배웅한다.

"아들, 이번 추석엔 엄마 몫까지 맛난 거 많이 먹고 와라."

병간호에 까칠해진 부자父子에게 빨리 출발하라고 손을 흔든다. 서서히 어둠이 내리고, 도시의 야경이 밝아온다. 시골집 보름달이 눈앞에 아른거린다. 기와지붕 위로 두둥실 떠오르는 보름달 속에 근심어린 어머님의 모습이 겹친다.

사립문

몇 해 전, 정부지원사업의 일환으로 주택가에서는 담장 없애기 사업이 유행처럼 번졌다. 목적은 각박한 세상에 이웃이 누구인지 서로 알고, 웃으며 잘 살아보자는 좋은 의도로 시작되었다. 그러나 허물어진 담장은 얼마 못가서 다시 원점으로 돌아갔다. 사람들은 담장이 없으니 불안하고 허전해서 못 살겠다며 전보다 더 높은 담장을 쌓고, 보기에도 가슴이 답답한 철문을 달았다. 그뿐이겠는가. 간혹 어떤 집은 담장 위에 비무장지대마냥 철제가시를 설치하여 을씨년스럽기까지 하다.

유년시절, 시골 외갓집 앞마당에는 사립문이 열려있었다. 그 옆, 장독대에는 할머니의 손때가 묻은 장독이 반질반질 윤이 나고, 봄에는 연분홍 복숭아꽃이 사립문 위에서 봄 색시처럼 수줍었다. 여름에는 볏짚으로 짠 멍석을 마당에 깔고 누우면 사립문 위로 고추잠자리들의 영롱한 오색빛 날갯짓에 문학소녀의 꿈도 싹이 텄다. 사립문에는 초인종이 있지 않으니 누르는 사람도 없었다. 깔아 놓은 멍석은 동네 사람들의 놀이터였다.

사람들은 할머니를 부를 적에 택호宅號를 사용하기도 했는데 할머니의 택호宅號는 골안댁이었다. 택호宅號는 시집오기 전의 친정동네 이름을 앞머리에 붙여서 불렀다. 아마 할머니의 친정이 골안이었던 모양이다. 아랫집 순이 엄마는 시장기가 도는 해그름에 포슬포슬 분 터진 찐 감자를 박 바가지에 넘치도록 담아서 사립문으로 들어오곤 했다.

부지런한 동네 아낙네 집의 사립문에는 호박넝쿨도 올라갔다. 호박꽃이 필 즈음 밤하늘에 개똥벌레가 환한 불을 밝히고 초가지붕에 앉았다가, 우리 손에 잡히는 밤에는 호박꽃 속에 갇히는 신세가 되었다. 개똥벌레가 들어간 호박꽃을 밤새 사립문에 걸어 불 밝혀놓고 할머니가 들려주던 옛날이야기에 시간가는 줄 몰랐다. 쑥 덤불로 모기향을 피우니 쑥 향이 온 몸을 휘어감았다. 할머니는 설렁설렁 부채질로, 방학에 놀러 온 손자들이 행여 모기에 물릴세라 손 쉴 틈이 없었다.

사립문은 싸리를 엮어서 만든 문으로 지금은 시골에서도 거의 찾아 볼 수가 없다. 지정되어 있는 민속촌이나 문화유적 탐방에서만 접할 수 있는데 그 모양이 무명치마를 두른 아낙을 닮아 수수한 정감을 안겨준다.

몇 해 전, 한국 민속촌에서 사립문을 열고 들어가 주모를 만났다. 빛바랜 모시 적삼에 무명 행주치마를 두른 주모는 주문한 동동주 한 뚝배기를 내어왔다. 금방 구운 김치 부침개를 안주 삼아 여행의 감흥을 느끼며 사립문의 향수에 젖었다. 민속촌에서는 옛 모습 그대로 주막거리를 재현해 상술이 넘치는 요즘 사회에서 느낄 수 없는 소탈함과 편안함이 있었다. 초가집과 사립문이 주는 미묘한 푸근함이 나의 발길을 자꾸만 붙잡았다.

동네의 주택들이 하나둘 건축업자들에게 매입되어 빌라촌이 형성되고 있다. 뚝딱거리며 공사 시작을 한 지가 어제 같은데 자고 나면 빌딩이 생겨나곤 한다. 시골 어르신들이 도회지 자식 집을 방문할 때 불편한 점을 많이 호소하는 세상이다. 대문의 시스템이 복잡하고 어려워 문을 열 수가 없다고 한다. 늘 집을 비우며 사는 바쁜 현대인에게는 분명 편리한 장치일 것이나 안과 밖이 소통되지 못하는 철제문이 각박하고 정감이 가지 않는 건 사실이다.

시골집 농장에 초가지붕을 올리고, 사립문도 만들고 싶다. 한여름 밤 초가지붕 위에 하얀 박꽃 넘실대고, 흙냄새 나는 마당에 멍석 깔고 별을 세어 보고도 싶다. 유년시절, 외할머니 품에서 보았던 개똥벌레는 볼 수 없겠지만 말이다.

봉창

돌담 옆 고샅길을 어슬렁거린다. 집에서 멀지 않은 산책코스로 즐겨 찾는 곳이다. 도회지도 아니고 그렇다고 시골이라고 하기에도 애매한 곳이다. 예전에는 전형적인 시골이었으나 주위에 공원이 형성되고 주차장이 들어서면서 주거 환경이 상업성을 띤 식당과 카페로 많이 바뀌었다. 일전에 장미축제에 다녀온 후로 마음이 자꾸 이곳으로 쏠리는 것은 그때 어렴풋이 보고 지나친 봉창이 그리워서다. 아무 곳에서나 볼 수 없는 봉창을 이곳에서 만나니 반갑기가 그지없다.

봉창은 창호지로 바른 창으로 전라남도의 방언이다. 주로 토벽집의 벽면에 설치한다. 봉창이 아주 작을 때에는 살 없이 만들지만 조금 크면 토벽의 흙이 떨어질 염려가 있으므로 나뭇가지를 꺾어 살을 받치고 만든다. 토벽을 칠 때 봉창이 될 곳은 창틀만 남겨놓고 흙을 바르지 않는다. 벽을 칠 때에는 외 엮기가 없으므로 봉창이 될 곳을 나뭇가지로 버텨 공간을 만들고 쌓아 올린다. 봉창은 벽을 완성한 다음에 뚫는 것이 아니고 미리 공간을 남겨놓고 쌓아 올라간다.

방에 내는 봉창은 종이가 흔해지면서 벽지를 발라 찬바람을 막고 채광만 통과하도록 만들었으나 부엌이나 헛간의 봉창은 통풍이 되도록 터 두었다. 특히 부엌에서는 불을 지피기 때문에 연기를 빼기 위한 설비가 필요했다. 연기의 소통을 위한 봉창은 처마 밑에 내는데 작은 구멍을 여러 개 뚫는 경우도 있고, 외를 촘촘히 엮어 길게 내는 수도 있다. 조금 정성을 들여 만드는 집에서는 굵은 나뭇가지를 세워 살을 만들고, 대나무를 쪼개어 가로대를 대고 새끼줄을 얽어 깔끔하게 정리한다. 이 밖에도 방과 부엌 사이에 벽을 뚫고 봉창을 내기도 한다. 또 집 둘레의 토석담에 봉창을 내기도 한다. 토담에 내는 봉창은 경주의 옥산서원玉山書院과 같이 밖의 경관을 내다보려고 뚫기도 하고, 동정을 살피기 위한 목적으로도 뚫는다.

옛날 속담에 '자다가 봉창 두드리는 소리 한다'는 말이 있다.

연애에 몰두하던 사내가 하루는 잠결에 갑자기 일어나더니 자기 집 봉창을 두드렸다. 꿈속에서 연인의 봉창으로 착각한 것이다. 하지만 그 속마음을 모르는 가족들은

"얼마나 피곤했으면 저런 엉뚱한 행동까지 했을까."

여겼다.

사랑하는 남녀가 몰래 만날 때에도 상대방을 부르는 신호로 봉창을 두드렸다고도 한다.

유년시절, 파도가 철썩이는 바닷가 인근 마을에 살았었다. 아버지는 오징어잡이를 하셨는데 집을 에워싼 돌담 위에는 보얀 뱃살을 자랑하며 먹음직한 오징어가 널려 있었다. 초가지붕에 토벽방과 부엌 사이에는 조그만 봉창이 있었다. 우리 4남매는 부엌에서 밥하시는 어머니를 빼꼼히 내다보기도 하고, 오징어 굽는 냄새가 봉창을 통해 방안으로 번지면 너나없이 함성을 지르며 봉창으로 손을 내밀곤 했다.

어머니는 밥을 하고 난 후 잉걸불을 아궁이에서 꺼내어 부지깽이로 툭툭 치셨다. 그리고 편편하게 고른 후에 된장국을 끓이고, 또 한쪽에는 오징어를 구웠다. 우리들은 밥 짓던 어머니가 잠시 자리를 비우면 돌담 위에 널려 있는 오징어를 슬쩍해서 구웠는데, 어머니 오기 전에 빨리 먹으려다가 장작불의 화력이 너

무 세어 오징어가 숯검정이 되기도 했다. 요즘처럼 먹을 것이 풍부하진 않았지만 그 시절이 좋았다. 봉창으로 우리들이 손을 내밀면 어머니는 오징어를 쭉쭉 찢어 고사리 손에 똑같이 나누어 주셨다. 지금은 아무리 물 좋은 오징어라 해도 그때 어머니가 구워 주신 오징어 맛을 찾을 수 없다.

설렁설렁 돌담을 끼고 올라온 길목이 어느새 끝자락이다. 걸어 온 길을 뒤돌아보니 그늘진 내리막길에 감꽃이 떨어져 구른다. 몰래 훔쳐본, 해당화가 곱게 핀 기와집 마당에는 허름한 옷을 입은 노인이 싸리비로 마당을 쓸고 있다.

올라올 때 본 봉창이 내려갈 때 자꾸만 호기심을 자극한다. 혹시 빈 집인가 하여 담 너머로 본 넓은 마당에는 군데군데 잡초가 보이지만 한쪽에는 온갖 푸성귀들이 사람의 손길이 닿은 듯 잘 가꾸어져 있다. 봉창 안의 내막이 갑자기 궁금해진다. 볼까말까 망설이다가 오줌자리 찾는 강아지마냥 왔다갔다 반복하기 여러 번이다.

'방안에는 사람이 있을까? 뭘 할까?'

별게 다 궁금하다. 그런데 방에서 들려오는 인기척은 없다. 쥐 죽은 듯 조용하니 봉창 안이 더 궁금하다. 누가 볼세라 주위를 두리번거리며 손가락에 침을 바른다. 빛바랜 문풍지가 바르르 떨린다.

"앗! 구멍이 났다."

도둑질 하다가 들킨 사람처럼 가슴이 두근거린다. 그런데 좀 전에 보았던 마당 쓸던 노인이 잰걸음으로 내려온다. 마른 침을 삼키며 아쉽지만 저지레를 그만둔다. 도망가면서도 여전히 봉창 안이 궁금하다. 방안에는 사람이 있을까? 뭘 할까?

까치밥

늦가을, 산사로 가는 길목에 기와집들이 오종종 정겹다. 감나무 꼭대기에 따지 않은 감들이 눈길을 잡는다. 까치밥이다.

까치밥을 보노라면 마음마저 훈훈해진다. 새들의 겨울양식으로 남겨놓은 넉넉한 인심이 느껴지기 때문이다. 올해는 감이 대풍이라고 한다. 감을 아예 따지 않은 나무도 더러 있다. 풍성한 까치밥을 보고 있노라니 문득 할머니 생각에 가슴이 아려온다.

벚꽃이 눈처럼 휘날리던 봄이었다. 할머니가 노환으로 세상을 떠나셨다. 화장 절차를 거쳐 분골함을 받았다. 우리들은 할머니가 생전에 다니시던 인적이 뜸한 숲속을 찾았다. 바람소리가 머무는 그곳에는 이름 모를 새들이 지저귀고 진달래가 수줍은 듯

봉오리를 터트리고 있었다. 어머니는 분골함을 열고 미리 준비한 찰밥과 분골을 섞어 주먹밥을 만들기 시작했다. 나는 처음 보는 생경스러운 모습에 당황하여 정신 나간 사람처럼 멍하니 서 있었다. 수목장을 하는 줄 알았는데 이런 장례법이 있는 줄은 꿈에도 몰랐다. 하얀 창호지 위에 할머니의 분골이 다섯 뭉치의 주먹밥이 되어 올려졌다. 어머니는 할머니의 유언이라시며 굳은 표정이 되어 꼼짝도 하지 않는 나에게 말씀하셨다.

먼저 돌아가신 할아버지 묘지 부근에 매장을 하려고 했는데 할머니가 반대를 하셨다고 한다. 죽어서까지 땅속에 갇히고 싶지 않다고 하시면서 차라리 까치밥이 되어 훨훨 날고 싶다고 하셨다. 할머니는 층층시하 종가 맏며느리로 시집와서 허구한 날 손에 물 마를 날이 없었다. 저 세상에서는 새가 되어 생전에 가보지 못했던 세상 구경도 하고, 마지막으로 보시라도 할 수 있다면 마음도 편할 것 같다고 하셨다 한다.

할머니의 유언을 전해들은 주위의 상주들이 흐느끼기 시작했다. 새도 울고 수목도 스쳐 가는 바람에 몸을 비비며 우는 듯했다. 나는 근처 숲속에서 진달래 꽃잎을 따기 시작했다. 분골 위에 진달래 꽃잎을 뿌려 드렸다. 눈물이 분골 위에 툭툭 떨어졌다.

산을 내려오는데 돌아보고 또 돌아보고, 할머니가 벌써 그리웠다. 고인 눈물 탓에 시야가 흐려져 넘어지기도 했다. 할머니도 헤어지기 싫어 붙잡는 것 같았다. 예뻐해 주시던 손녀가 덮어주는 꽃이불을 할머니도 좋아하시리라. 이제는 어디에서도 할머니의 흔적을 찾아 볼 수가 없다. 산소도 납골당도 없으니 허전하고 안타까운 마음뿐이었다. 그날따라 봄볕은 왜 그리 좋은지 가족들의 허전함은 더해만 갔다.

영정사진을 들고 영구차가 있는 대로에 섰다. 가로수 벚꽃 길에 꽃잎이 눈 내리듯했다. 저 멀리 꽃길 위로 아지랑이가 피어올랐다. 그 속에 희미한 할머니의 영상이 아른거렸다. 내가 학교에 다녀오던 길목에서 나를 반기며 웃으시던 그 모습과 많이 닮아 보였다.

'오매불망 보고 싶다 하시던 할아버지도, 불효막심하게 먼저 세상을 등진 아버지도 만나시어 원 없이 회포 푸소서!'

사람은 죽으면 어디로 가는 것일까. 불가에서는 사람의 죽음을 크게 네 가지로 분류한다. 육신은 흙으로 돌아가고, 액은 물로 돌아간다고 한다. 몸은 불로 돌아가며, 힘은 바람으로 돌아간다니 인생무상이 아닐 수 없다.

감나무 사이로 새가 날아든다. 새들의 먹이 활동이 시작되나 보다. 햇살 받은 까치밥이 유난히 발갛다. 동네 어르신이 운동을 나왔는지 나를 빤히 쳐다보신다. 까치밥에 눈을 떼지 않는 나에게 감이 먹고 싶은지 묻는다. 웃으며 고개를 저었더니 주머니에서 잘게 썰은 감말랭이를 한 움큼 건네주신다. 까치밥에 눈독을 들이면 안 된다며 핫바지를 펄렁이며 마을 한 바퀴를 돌아가신다. 아마도 내가 감이 먹고 싶어서 나무 밑에 기웃거린다고 생각하셨나 보다.

산길을 오른다. 겨울의 문턱을 지나 봄날이 오면, 할머니의 흔적이 머물렀던 한적한 숲길을 찾고 싶다. 생전에 할머니의 고운 마음처럼 햇살 가득한 그곳에 진달래가 곱게 피었으면 좋겠다.

상수리나무 밑에 무엇인가 또르르 구른다. 모자를 쓴 도토리가 앙증맞고 귀엽다. 감나무 꼭대기에도 땅 위에도 까치밥이 여유롭다. 생전에 층층시하 맏며느리로 세상 구경도 못 하고 가신 할머니, 저 세상에서는 까치밥이 되어서라도 자유롭고 싶으셨을까. 한적한 산길에 스산한 가을바람이 스치고 지나간다.

귀신통과 징 소리

달리는 차창 밖으로 '사문진 주막촌' 표지판이 시야에 들어온다. '피아노 100대 콘서트' 에 가는 중이다. 공연을 시작하기에는 조금 이른 시간이지만 벌써 공영 주차장에 차량들이 빼곡하다. 가설무대에는 피아노 100대가 나란히 주인을 기다리고 있다. 사문진 나루터는 1900년 미국 선교사에 의해 한국 최초로 피아노가 들어온 곳이다. 그 당시 마을 사람들은 나무통 속에서 이상한 소리가 난다고 하여 귀신통이라 불렀다고 한다.

주차를 하고 나루터를 한 바퀴 돌아본다. 낙동강 줄기가 내다보이는 곳에 귀신통 한 대가 상징물로 앉아 있다. 새로 복원한 주막 촌을 보니 그 옛날 각지에서 모여드는 보부상들의 모습이 보이는 듯 하다.

일행들은 무대를 중심으로 자리를 잡는다. 하나 둘, 하나 둘, 본 행사를 위한 마이크 테스트와 리허설이 한창이다. 멀리 석양에 비친 강물이 붉은 융단을 깔아 놓은 듯 아름답다. 드디어 피아노 100대 콘서트가 시작이다. 엄격한 오디션을 받고 선발된 피아니스트들이 무대 위로 오른다. 제각기 지정된 피아노 앞에서 자세를 가다듬는다. 백 명이 연주하는 귀신통 소리가 사뭇 궁금해진다. 갑자기 내가 피아니스트라도 된 듯 가슴이 콩닥콩닥 뛴다. 무대에 오른 그들의 겉모습은 낙동강 물에 유유히 노니는 오리처럼 평온하고 여유롭다. 그러나 보이지 않는 수면 아래에서 오리의 두 발은 물에 뜨기 위해 혼신의 힘을 다한다. 피아노 콘서트 무대공연을 위해 발탁된 피아니스트들도 여러 날을 그 준비로 손가락이 부르트는 고된 시간을 보냈으리라.

지난날, 풍물단원 시절이었다. 대구시 소속의 단원이라 크고 작은 행사들이 많았다. 무대행사 10여 분의 공연을 치르기 위하여 단원들은 동작 맞추기로 한 달이 넘는 피나는 노력을 했다. 수십 명의 사람들이 하나같이 제각기 맡은 악기를 다루며 흩어지지 않는 화음을 내기란 쉬운 일이 아니었다. 앉아서 하는 연습보다 서서 움직이며 하는 연습은 한 사람이라도 발동작이 맞지 않으면 될 때까지 강훈련을 했다. 힘이 부치는 사람들은 더러 도중하차를 하기도 했다. 나는 체격이 크다는 이유로 앞자리에서 징을 잡았다. 징은 울림이 큰 쇳덩이 타악기이다. 무거워서 주로 남자가 많이 친다. 행사에 따라 강하게 소리를 내어야 할 때도 있지만 상황에 따라 약한 울림으로 깊고 은은한 소리를 내어야 할 때도 있어 요령이 필요했다.

햇볕이 뜨거운 한여름에 거리 공연이 잦을 때는 얼굴이 타서 구릿빛이 되었다. 8월의 시멘트 바닥은 화상을 입을 만큼 열기가 대단했다. 사물놀이는 바닥에 앉아서 해야 했기에 엉덩이가 벌겋게 달아오르고, 이마로 흘러내리는 땀방울이 물 흐르듯 하여 눈 뜨기도 힘들었다. 국채보상공원에서 우리들이 치는 2002 월드컵 기원 풍물소리에 길 가는 행인들도 걸음을 멈추고 함께 춤을 추었다. 대구수목원 개장의 축하 공연은 소낙비를 맞으며 미친 듯이 징 소리를 높였다. 정월 대보름날, 신천둔치에서 달집을 태우며 시민들과 지신밟기로 흥겨웠던 그 시절에 무려 수십여 차례의 행사를 치렀다. 때로는 몸이 쉬어 달라고 반란을 했다. 어깨와 팔의 통증으로 병원을 찾았더니 의사는 징을 잡은 왼쪽 팔에 인대가 늘어났다고 했다.

사문진 콘서트는 서양음악으로 무대를 달구더니 가요와 산조

협주곡으로 관객들을 매료시켰다. 행사는 서서히 중반을 지나고, 귀신통들의 화음은 절정에 달했다. 강은일의 해금과 뮤지컬 가수 이태원의 〈명성황후〉 OST는 관객들의 열렬한 환호를 받았다. 연출가인 임동창과 소리꾼 장사익은 서로 마주보며 덩실덩실 춤을 추었는데, 신들린 사람들 같았다. 두 예술가의 괴성을 들으며 알 수 없는 전율이 온몸을 휘감았다. 내 안에 잠재되었던 굿거리장단이 발끝에서 요동쳤다. 징을 놓은 세월은 오래 되었지만 몸은 기억하고 있었나 보았다. 나도 모르게 손과 발이 리듬을 타고 장단을 맞추며 난리를 쳤다. 몸속에 꿈틀거리는 동서양의 다른 악기가 오묘한 조화를 이루는 순간이었다. 소리꾼 장사익의 앙코르는 다시 앙코르로 이어지고, 연출가인 임동창의 피아노 솜씨도 귀신이 곡하고 갈 판이었다. 무대를 장악하는 그들의 천진스러운 몸놀림에 콘서트의 분위기는 막바지로 치닫고 장내는 흥분의 도가니가 되었다.

막이 내리고, 관객들의 기립박수는 불꽃놀이로 이어졌다. 사문진의 밤하늘에 불꽃이 터질 때마다 나의 귓가에는 다시 징소리가 들려와 가슴이 뜨거워진다. 〈대전 부르스〉를 절절하게 부르던 장사익이

"사모님 오늘밤은 가정을 버리세요."

멘트가 어색하지 않은 사문진의 가을밤에, 주막촌에 들러 정다운 사람들과 한잔 술을 즐기며 주객이 되어도 좋은 날이 아니던가.

수많은 사람은 어디로 갔는지 100대의 귀신통만이 어둠 속에 외롭다. 늦은 밤, 가을 찬바람이 내 가슴에 맴도는 뜨거운 징 소리를 잠재운다.

가을이 저만치 가네

베란다 창가에 빗방울이 맺힌다. 주르륵 흘러내리는 빗물은 젊은 날 어머니의 눈물을 보는 듯하다.

우산을 챙겨들고 집을 나섰다. 건강이 좋지 않은 어머니 생각에 친정으로 가는 길이다. 연일 계속되는 가을비가 마음을 울적하게 한다. 대로의 은행나무 가로수 길은 노란 카펫을 깔아 놓은 듯 아름답다. 나뭇가지에 간당거리는 잎새들이 바람결에 위태롭다. 받쳐 든 우산 위로 은행잎이 툭툭 떨어진다. 앙상한 가지 사이로 어머니의 윤기 없는 모습이 떠오른다. 멀리 우의를 입은 미화원이 낙엽을 쓸며 다가온다. 길 가는 사람들이 낙엽을 밟으며 즐거워하는 낭만의 길이 미화원에게는 고된 일상이다. 바람

부는 날은 떨어진 잎새들이 흩날려 곤혹을 치르기도 하고, 비 내리는 날은 빗물을 머금고 바닥에 착 달라붙어 잘 쓸리지도 않는다. 내 마음속에도 간들거리며 떨어지지 않는 잎새 하나가 있다.

얼마 전, 나는 신장이 좋지 않아 수술을 했다. 입원생활이 생각과는 달리 오래 걸려 어머니께 가지도 못하고, 전화로 가끔씩 안부를 묻곤 했다. 내가 병원에 있는 줄 모르는 어머니는 보고 싶다고 하셨다. 다녀가라는 말인 줄은 알지만 링거를 주렁주렁 달고 있어 갈 형편이 아니었다.

비 내리는 어느 날 오후였다. 병문안을 온 여동생의 얼굴에 근심이 가득했다. 아니나 다를까. 몸이 편찮은 어머니가 화장실에서 넘어져 병원에 입원했다고 했다. 진단 결과 등뼈가 부러져 치료 기간이 좀 걸리겠다고 한다. 좋지 않은 일은 어깨동무하며 같이 온다고 했던가. 동생은 어머니가 언니를 자꾸 찾는다고 한다. 그날 오후에 외출 신청을 했다. 외출 사유란에 어머니 병문안이라고 적으니 옆에 있던 간호사가 빙그레 웃었다. 환자가 병문안을 간다고 하니 우스웠던 모양이다. 링거 바늘을 잠시 빼고 오랜만에 밖으로 나오니 선선한 가을바람이 상쾌했다.

어머니는 집에서 그리 멀지 않은 병원에 계셨다. 병실 문을 열고 어머니 침상을 찾았다. 어머니와 눈길이 마주쳤다. 반가운 기색도 잠시, 이내 고개를 돌리셨다. 일찍 병문안을 오지 않은 딸에 대한 원망이리라. 날이 갈수록 야위어 가는 어머니를 보니 가슴이 울컥했다. 고개 돌린 어머니와 화해라도 하듯 나는 어머니 다리를 서서히 주무르기 시작했다. 앙상한 겨울나무처럼 뼈대만 손안에서 애처롭다. 아무런 요동도 말씀도 없는 어머니가 투정하는 어린아이처럼 느껴졌다. 나이 들고 몸 아프니 모든 게 귀찮고 서러운가 보았다. 아버지 일찍 돌아가시고 어머니는 우리 4남매 치다꺼리에 손발이 쉴 틈이 없으셨다. 의대에 다니던 막내의 학업이 길어지자 어머니는 돈이 되는 일이라면 거칠고 힘든 일도 가리지 않으셨다.

내가 철이 들기 시작할 무렵, 어느 겨울에 어머니는 새벽이면 우리들이 잠이 깰까 봐 방문을 살며시 열고 나가서 한참이 지나서야 돌아오셨다. 그런 어머니가 이상하여 나는 어머니 모르게 뒤를 따랐다. 어머니는 한쪽 손에 자루를 들고 계셨다. 집에서 멀지 않은 곳에 사람들이 많이 붐비는 버스 주차장으로 종종걸음을 쳤다. 나는 들킬세라 어머니가 뼹 돌아 간 골목 어귀에 멈춰 섰다. 몸은 숨기고 얼굴만 빼꼼 내다보며 어머니를 주시했다. 어머니는 주차장 군데군데에 놓여있는 쓰레기통에서 뭔가를 꺼내어, 들고 온 자루에 주섬주섬 담기 시작했다. 자루를 들고 주차장 근처를 한 바퀴 도는 사이 어느새 자루는 불룩해져 있었다. 나는 더 이상 기다리지 못하고 어머니 곁으로 뛰어갔다.

"엄마!"

어머니는 깜짝 놀라며 들고 있던 자루를 바닥에 떨어뜨렸다. 자루 속을 들여다보니 각종 플라스틱과 일회용 잡동사니들이 수북했다. 신새벽에 고물을 수거하러 다니셨던 것이다. 어머니는 나쁜 일을 하다가 들킨 아이처럼 당황해 하며 왜 왔느냐고 나무라셨다. 자식한테 못 보여줄 것을 보여준 듯 주춤하시더니 춥다고 집으로 가라고 하셨다. 어머니가 끼고 있던 때 묻고 낡은 장갑이 상처받은 내 마음처럼 너덜너덜했다. 찬 공기에 그 흔한 목도리도 하나 없이 바람막이로 흰 비닐을 목에 칭칭 감고 계셨다. 생소한 그 모습 앞에서 나는 장승처럼 할 말을 잊었다. 종갓집 맏며느리로 제사는 왜 그리 빨리 닥치는지, 돈 들어 갈 자식들 줄줄이에 노모까지 모셔야 하는 어머니의 고된 현실이 내 눈앞에 있었다. 그것도 모르고 불미스러운 상상만 한 자신이 원망스러워 쥐구멍이라도 찾고 싶었다. 미안하고 죄송했다. 눈언저리가 붉어져서 어머니를 마주 볼 수가 없었다. 돌아서는 등 뒤로 어머니의 잔잔한 음성이 들려왔다.

"집에 가거든 아무에게도 말하지 말거라."

눈물이 볼을 타고 흘러내렸다.

병원으로 돌아가야 할 시간이 얼마 남지 않았다. 어머니는 아직 헛기침만 몇 번 할 뿐 아무런 말씀도 없다. 짓궂은 장난으로 발바닥을 간지럽히자 어머니는 웃음을 참지 못하고 고개를 내게로 돌린다. 나더러 얼굴이 많이 상했다며 화장 좀 하고 다니라고 하신다. 입원생활로 까칠해진 나의 모습에 어머니는 어쩌면 내가 아프다는 것을 눈치챘는지도 모를 일이다. 며칠 있다가 다시 오겠다고 하니 바쁜데 안 와도 된다고 하신다. 병원 문을 나서는데 현기증이 났다. 몸과 마음이 가을걷이가 끝난 들처럼 황량하다.

어둠이 깔리는 도시의 가로수 아래 낙엽이 발길에 부스럭댄다. 스산한 바람이 불어와 나뭇가지를 흔든다. 생명을 다한 잎새들이 자꾸만 떨어진다. 긴 겨울을 이긴 나무에 봄이 오면 새순이 돋아나듯 어머니의 모습에도 빨리 따뜻한 봄날이 왔으면 좋겠다. 가을이 저만치 가고 있다.

동치미

겨울 초입이다. 동네 어귀, 벤치에 앉아 있으니 햇살이 유난히 따스하다. 저 멀리 손수레를 끌고 할머니 한 분이 다가온다. 수레에 실린 무청이 싱싱하다. 어린 시절, 겨울이 오면 동치미를 담그시던 어머니 생각에 마음이 짠해 온다.

70~80년에는 겨울철 난방을 기름이나 가스로도 사용했지만 농어촌에서는 주로 연탄을 많이 사용했다. 연탄불로 음식을 만들었고, 거실 넓은 주택에서는 연탄난로를 설치하여 집안의 훈훈한 온기를 느끼기도 했다. 난로 위에는 커다란 주전자가 김을 뿜어내어 습도를 조절하고 고구마를 난로 뚜껑 위에 얹어 놓으면 온 집안이 구수한 고구마 냄새로 가득했다.

다세대 주택에는 수도꼭지가 마당에 하나밖에 없었던 집도 많았다. 우물의 물을 두레박으로 끌어 올려 사용하기도 하고 펌프질을 하여 지하수로 식수를 해결하기도 했다.

가난한 집에서는 집안에 수도도 펌프도 없어서 옆집의 펌프를 함께 사용했다. 양 집 중간의 돌담 사이에 드나들 수 있는 문이 있었다. 나는 식수를 길어오기도 하고, 그곳에서 빨래를 하기도 했다. 초등학생의 어린 나이에 마중물을 부어 펌프질을 하기에는 여간 힘든 일이 아니었다. 이런 내 모습을 가끔씩 훔쳐보던 옆집의 철수는 슬쩍 다가와 펌프질을 도와주고는 했다. 여름이 시작되어 장미 넝쿨이 담장을 발갛게 수놓을 적에 철수는 담 너머에서 물을 길러 가는 나를 기다리기도 했다. 혹시 철수가 보이지 않는 날에는 나도 주위를 두리번거렸다.

연탄구멍의 개수가 몇 개인가 하는 퀴즈 문제가 성행하던 그때, 어머니는 집안에 연탄 100장만 있어도 배가 부르다고 하셨다. 아버지는 커다란 장독을 뒤뜰 음지에 구덩이를 파서 묻고 동치미를 겨울 양식처럼 준비했다. 그 시절, 겨울이 더 춥게 느껴졌던 것은 어쩌면 배가 고팠기 때문이었으리라. 크리스마스날에 마을 교회당 종소리는 어린 동심을 불러들이기도 했다. 믿음과는 상관없이 달콤한 과자와 사탕의 유혹으로 캐롤송을 즐겁게 부른 기억들이 생생하다.

동지가 지나고 유독 추운 날이었다. 잠자리에서 일어나려는데 갑자기 머리가 핑 돌고 속이 울렁거리며 구토가 났다. 동생도 옆자리에서 일어나지 못 하고 있었다. 연탄가스였다. 어머니는 황급히 우리를 들쳐 업고 바깥의 대청마루에 눕혔다. 119도 제대로 부를 수 없는 시절이었다. 어머니는 우리에게 빨리 깨어나라고 볼기짝을 연신 때렸다. 동치미 국물을 숟가락으로 떠먹였다.

반나절이 지났을까. 어머니는 쌀로 흰죽을 쑤어 살얼음이 동동 뜬 동치미와 함께 우리 앞에 내어 오셨다. 나는 그제야 어머니의 벌겋게 부운 눈을 볼 수 있었다. 동치미를 삼키면서 참았던 울음을 터뜨리고 말았다. 동생도 울고 어머니도 꺼이꺼이 목 놓아 우셨다. 그러다가 구토로 힘들어 하는 우리들의 등을 두드리며 통곡하셨다. 지금도 그 시절을 생각하면 가슴 언저리가 아려온다.

동치미는 한국 전통 물김치로 이름처럼 겨울에 제맛을 낸다. 2~3일간의 숙성으로 다른 김치에 비해 숙성 기간이 비교적 짧다. 특히 함경도와 평안도를 포함하는 이북지방의 동치미는 유명하다. 신라, 고려시대에 나박김치와 동치미가 개발되었다고 한다. 양념으로는 천초, 생강, 귤껍질 등이 쓰였다. 향신료로 천

초를 넣다가 고추로 바뀌게 된 것은 18세기 이후의 일이며 고추가 쓰이기 전에는 맨드라미꽃을 넣어 색을 내었다고 한다.

연탄을 사용하던 시절에 동치미는 급하게 쓸 수 있는 상비약이기도 했다. 동치미에 들어 있는 유황 성분 때문에 유황이 중추 증상을 회복시키기 때문이라고 한다. 중국 속담에 '겨울에는 무, 여름에는 생강을 먹으면 의사를 볼 필요가 없다.' 는 말이 있듯이 우리말에도 생 무를 먹고 트림을 참으면 인삼을 먹은 효과를 볼 수 있다고 하지 않던가.

연탄구멍이 몇 개인지는 기억나지 않는다. 장미넝쿨 우거지고 펌프가 있던 옆집의 철수가 문득문득 생각난다. 깊은 밤, 바람만이 잠들지 않고 창문을 흔든다. 따뜻한 연탄난로가 생각난다. 생활의 고달픔이 묻어 있었던 그 시절 어머니의 동치미가 그리워진다.

쉰네 살에

달력을 바꾸어 단다. 또 한 해가 시작된다. 내 나이 쉰네 살. 불현 듯 쉰네 살의 나이로 저 세상으로 떠나가신 아버지가 생각난다.

바람이 몹시 불었던 동짓날 밤이었다. 온 식구가 둘러 앉아 어머니가 끓여 주신 팥죽을 먹으며 이야기꽃을 피웠다. 밤이 깊어 아버지는 사랑채로 건너가셨다.

자정이 지나고 1시가 넘었을까. 어머니의 비명소리에 온 식구가 화들짝 놀라 잠에서 깨었다. 아버지는 잠결에 요동이 없었다. 동네 이장님의 신고로 병원 응급차가 달려왔다. 어머니와 오빠는 아버지와 동행하려고 응급차에 함께 탔다. 어머니는 두려움에 떨고 있는 할머니와 동생들을 내게 부탁했다. 사이렌을 울리며 어둠 속으로 응급차는 사라져갔다. 할머니는 아들 걱정에 밤이 새도록 문밖에서 서성거리셨다. 나도 뛰는 가슴을 주체하기가 힘들었다. 제발 아버지가 무사귀환하기를 간절히 기도했다. 그러나 몇 시간이 지났는데도 아무런 소식이 없었다. 통행금지가 있었던 시절이라 가 볼 수도 없었다. 통금 때문에 못 오시겠지, 스스로 위안을 했다. 전화도 흔하지 않을 때라 마냥 기다리고만 있었다. 온밤을 지새우며 희뿌연 새벽을 맞았다. 그 새벽이 긴 세월 내게 상처로 남을 줄은 몰랐다.

커다란 그림자가 어둠을 뚫고 성큼성큼 대문 안으로 들어왔다. 나는 아버지인 줄로만 알았다. 그런데, 인근에 사시는 고모부였다. 고모부는 가쁜 숨을 몰아쉬며 아버지 소식을 듣고 통행금지가 해제되자 황급히 오셨다고 했다. 나는 고모부의 침울한 표정에서 사태가 심상치 않음을 직감했다. 아니나 다를까. 고모부는 할머니의 두 손을 부여잡고 흐느껴 우셨다. 나는 보채는 동생들을 달래며 아버지는 어떻게 하고 혼자 오셨느냐고 울먹였다. 아버지 생전의 모습은 내 나이 스무 살에 더 이상 볼 수가 없었다. 뇌출혈이었다. 입관식에 어머니는 할머니와 동생들이 들어오는 것을 꺼려하셨다. 충격을 이겨내지 못하리라는 우려 때문이었다. 입관식 때 본 아버지의 마지막 모습은 이 세상에서 사신 삶이 힘드셨는지 너무 편안해 보였다.

이틀이 지나 아버지의 장례를 치루는 날은 유난히 날씨도 마음도 추웠다. 가족 친지들이 차례로 삽을 들었다. 어머니는 구덩이 속으로 안장되어 멀어지는 아버지의 오동나무관을 보며 망연자실하셨다.

"어린 자식들 아까워서 어떻게 갔소."

하며 꺼이꺼이 통곡하다가 급기야는 정신을 잃고 말았다. 어머니 나이 46세였다. 우리 4남매는 흙더미에 무너진 어머니를 끌어안고 한없이 울었다. 문상객들도 눈길 둘 곳을 몰라 무심한 하늘만 쳐다보았다.

매장을 끝내고 내려오는 길은 발걸음이 떨어지지 않았다. 뒤를 돌아보고 또 돌아보아도 웃으며 손 흔들어 주시던 아버지의 모습은 보이지 않았다. 아니 이제는 다시 보지 못하리란 생각이 들자 옷깃을 여미는 칼바람이 가슴팍을 후벼댔다. 산 너머로 서서히 석양이 지고 있었다. 너무나 고운 자줏빛 황혼이 가슴속 깊이 박혀 눈물만 볼을 타고 흘렀다. 한창 나이에 아무런 준비도 없이 떠나신 아버지, 서산의 불타는 석양은 내 마음을 아는지 모르는지 아버지의 모습을 품고 산봉우리 너머로 빠져갔다. 돌아오는 길에 차창 너머로 짙게 깔린 황혼은 아버지의 모습이 되어 내 가슴에 녹아 내렸다. 할머니도 아버지가 가신 후 여러 날을 자식을 먼저 보낸 죄인이라고 자책하시다가 이내 저 세상 아들 곁으로 떠나셨다.

아버지는 아들을 믿음직스러워 하셨고, 딸들은 많이 예뻐하셨다. 이제 그 시절 아버지의 나이가 되고 보니 어머니의 절통했을 마음을 헤아릴 수 있을 것 같다. 줄줄이 어린 자식과 병든 노모, 혼자 짊어지고 살아갈 세상이 얼마나 무섭고 두려웠을까. 준비되지 않은 이별이 얼마나 충격이고 고통인지 어린 나이에 너무 빨리 알아버렸다. 덕분에 또래들보다 조금은 일찍 철이 든 것도 같다.

여름철 긴 장마에 시냇물이 불어 징검다리가 보이지 않을 때에는 우리를 업고 물살을 가르며 건너가시곤 했다. 아버지의 넓고 포근한 등은 우리들의 우주였다. 손수 딸의 머리를 빗겨주시고 시골장터 노점에서 예쁜 머리방울을 사 오기도 하셨다. 집안의 기둥이셨던 아버지의 빈자리는 날이 갈수록 점점 깊어만 갔다.

어느덧 세월이 흘러 내 나이 지천명知天命을 넘었다. 벽에 걸린 거울에 내 모습을 비추어 보며 새삼 놀란다. 얼굴은 말할 것도 없고 걸음걸이와 뒤태가 아버지 모습과 많이 닮았다. 친정어머니 말씀이 씨도둑은 못 한다고 하신다. 나더러 딸인데도 나이가 들수록 아버지를 닮아간다고 하신다. 지난날 어머니가 쓰러져 비몽사몽 병원신세가 되었을 때 나더러 '여보' 하며 손을 놓아주지 않아 화장실 볼일도 못가고 당황한 적도 있다.

쉰네 살에 거울 앞에서 혼자 웃어본다. 살아갈 날보다 살아온 날이 많다고 느껴지는 요즘이다. 황혼을 서서히 준비하며 살아야 할 나이가 되지 않았나 생각해 본다. 마음속에 가득 찬 부질없는 욕심과 상념을 비우는 연습을 해야 되겠다. 하루하루를 최선을 다하여, 훗날 아쉬움에 울지 않는 황혼이고 싶다.

2부
억새는 홀로 울지 않는다

억새는 홀로 울지 않는다

동네 한 모퉁이에서 우연히 또 만났다. 시각장애 1급 장 지부장이다. 그 옆에서 길을 안내하는 여인은 그의 아내다.

5, 6년 전, 내가 사회봉사를 활발히 하던 시절이었다. 시에서 주관하는 '시각 장애인 등반행사' 에 봉사자로 참여하게 되었다. 해마다 시각장애인의 날에는 시 주관으로 '흰 지팡이날' 행사를 추진했다. 등반행사도 그중 하나로 봉사자 교육을 이수한 사람만이 참여할 수 있었다. 시각 봉사는 몸으로만 하는 것이 아니었다. 앞이 보이지 않기 때문에 출발에서 마무리까지 회원에게 주위의 배경이나 위험 물체에 대한 자세한 음성 전달이 매우 중요했다.

행선지는 해발 756m의 화왕산이었다. 경남 창녕군의 군립공원으로 임진왜란 당시 곽재우 장군이 화왕산성에 의지하여 왜병을 물리친 곳이다. 일행을 실은 버스가 화왕산 주차장에 도착했다. 담당 팀장에게 산행에 필요한 기본적인 설명과 주의사항을 듣고 복지관에서 준비해 온 회원(시각장애인)의 도시락을 각 봉사자들이 챙겼다. 자료를 확인하니 시각장애인협회의 지부장이 나의 산행 동반자로 선정되어 있었다. 솔직히 일반 회원보다는 부담이 되었다. 서로 자기소개를 했다. 그는 어렸을 때 사고로 눈을 잃었다고 했다.

시작의 종소리로 발도장을 찍었다. 2인 1조가 되어 팔짱을 꼈다. 나는 우선 준비운동 겸 회원의 시각상태와 보폭을 확인하기 위해 주차장을 한 바퀴 돌아보았다. 복지관에서 건네준 자료처럼 그는 아무것도 보이지 않았다. 시각장애 1급은 정상 시력이 0.02다.

산행준비 마지막 단계는 화장실에서 소변보기로 생리현상을 맞추기로 했다. 되도록 봉사자가 회원을 배려하여 미리 소변을 보는 시간대를 조절한다. 등산 중에 시각장애를 가지고 있는 회원을 데리고 화장실을 자주 가는 것이 쉽지 않기 때문이다.

10월의 화왕산 날씨는 등산하기에 딱 좋았다. 시원한 바람과 눈부신 햇살은 그의 마음을 들뜨게 했나 보았다. 불어오는 바람과 새소리에 그는 잠시 목을 길게 빼어 자연의 소리를 '감과 촉'으로 느끼는 듯 보였다. 그 모습이 소년처럼 천진난만하여 마음이 아파왔다. 봉사자는 회원이 원하는 만큼 안내를 한다. 그는 목적지를 정상으로 정했다. 정상을 끝까지 오르는 1급 회원은 흔치 않았다. 2, 3급 회원은 물체 감지는 할 수 있으니 산 오르기가 훨씬 수월한 편이다.

팔을 돌려보고, 다리의 근육을 풀고 난 후 우리는 정상 돌진을 위해 손을 잡았다. 나는 빨리 억새밭이 보고 싶었다. 그러나 내심 산 중간 지점에 있는 환장고개가 걱정이 되었다. 고도의 오름이 환장할 정도로 힘이 든다고 하여 환장고개라 한다.

한 시간쯤 지났을까. 땀이 범벅이 된 그가 바윗돌에 발이 부딪혀 체중 전부를 나의 팔에 실어왔다. 나 또한 나무 밑동에 발이 걸려서 하마터면 좁은 산길에서 두 사람이 가파른 골짜기로 굴러 떨어질 뻔했다. 아찔한 현기증이 등줄기를 훑었다. 누가 먼저랄 것도 없이 제자리에 털썩 주저앉고 말았다. 환장할 환장고개가 코앞에서 애를 태우고 있었다. 차라리 포기하고 싶었다.

"그 놈의 정상은 어디에 있는가?"

퍼질러 앉은 채로 울고 싶었다. 행사 시의 불상사를 대비하여 회원과 봉사자의 1일 상해보험을 넣는 이유를 이해할 수 있었다. 엎어진 김에 쉬어가야겠다는 생각에 간식 보따리를 풀었다. 먼저 그에게 간식과 물로 시장기를 면하게 하고 남은 물을 벌컥벌컥 소리 내어 마셨다. 몇 분이 지나자 호흡이 편안해졌다. 침묵 속에서 나는 생각했다. 그가 내 손을 놓지 않는 한 포기할 수 없다. 아직 시간은 충분하다.

용기를 내어 그의 손을 다시 잡았다. 다리에 힘이 빠져 후들거렸지만 숨쉬기는 한결 편안했다. 나는 그와 노래를 불러보았다. 옆으로 지나가는 일행들이 웃으며 응원했다. 그러나 시간이 흐름에 따라 몸의 균형이 조금씩 깨어지고 있었다. 그를 밀고 당기는 나의 팔은 서서히 감각을 잃어갔다. 발바닥이 화끈거리고 땀과 흙에 절은 등산복은 노숙자를 생각나게 했다. 그와 잡은 손안에 고인 땀이 물이 되어 질퍽질퍽 밖으로 탈출하며 난리를 쳤다. 바람도 잠이 든 오르막길에서 두 사람의 신음 소리가 높아질 즈음 산정상이 눈앞에서 손짓을 했다. 나도 모르게 환희의 목소리로 부르짖었다.

"지부장님 정상이 우리 앞에 있습니다."

'눈앞에 보인다.' 는 말은 차마 할 수 없었다. 그는 감격과 안도의 미소를 지으며

"봉사자님 고맙습니다."

우리는 서로 얼싸안았다. 누가 먼저랄 것도 없이 어깨를 들썩

이며 울음을 터뜨리고 말았다. 일반인보다 두 시간이나 더 걸린 그와 나의 사투였다.

우리는 잠시 억새밭에 앉아 커피 한 잔의 여유를 가졌다. 6만 평의 광활한 대평원의 억새밭이 솜이불을 두른 듯 장관이었다. 무리지어 핀 억새는 홀로 울지 않았다. 정상을 향해 밀고 당기며 한 몸으로 울었던 우리처럼 불어오는 바람결에 서로를 부등켜 안고 '으악으악' 울음을 토했다. 오죽하면 억새를 '으악새' 라고도 하겠는가.

동네 어귀를 지나 멀어져가는 그들 부부의 뒷모습이 다정했다. 고통을 이겨낸 사람에게서만 볼 수 있는 안정감이 그들 부부를 결속하고 있음에 틀림없었다. 나는 무리지어 울던 억새를 떠올리며 걸음을 옮겼다.

빨래터의 봄

앞산 빨래터에 봄이 왔다. 수양벚꽃이 흐드러지게 피었다. 남구 문화행사 추진위에서는 제22회 대덕제 빨래터 축제로 '내 마음의 때를 씻다' 란 슬로건을 걸고 양일간 자원봉사자 180명을 동원했다. 내가 맡은 봉사는 애벌빨래를 하는 것인데 신나는 음악과 함께 봉사자 전원이 도로 위에서 빨래 춤을 추는 진풍경이 펼쳐졌다. 눈요기 행사로 끝나는 것이 아니라 인근 고아원 아이들의 빨랫감을 수거해 빨래를 해주고 앞산자락에서 잘 말려 전달한다.

나의 유년시절만 하더라도 강가나 냇가에서 어머니와 빨래를 한 기억이 있다. 김홍도의 풍속화 속에서도 옛날 여인네들의 질퍽한 빨래터를 만날 수 있다. 한여름의 더위가 기승을 부리면 빨래를 하다 말고 멱을 감기도 했는데 짓궂은 남정네들은 이 광경을 훔쳐보며 바위 뒤에서 시간가는 줄 몰랐다.

박태원의 세태소설 『천변풍경』이 생각난다. 고무장갑이 없었던 시절에 양잿물에 손톱이 상해서 손톱이 위로 말려 올라가기도 했다. 여인네들은 겨우내 모아두었던 빨래들을 이른 봄날 광주리에 담아 머리에 이고 그동안의 삶의 고단함을 한판 수다와 빨랫방망이질로 풀었다. 옷에 묻은 묵은 때와 마음에 낀 때까지 흐르는 물에 흘러 보냈다. 그들의 빨래터는 마음의 병이 될 스트레스를 해소하고 힘든 시집살이로 서운했던 일들을 속 풀이 하는 화합과 정보교환의 장소이기도 했다.

냇가에서 엉덩이를 들썩거리며 빨래를 하던 어머니가 생각난다. 방망이질을 유독 세게 하던 날도 있었다. 그 옆에서 나는 어머니의 생활고도 모른 채 조그만 빨랫감을 찾아 비누거품 내기에만 즐거워했다.

요즘은 버튼 하나만 누르면 저절로 빨래가 되어 삶아지고, 건조까지 되니 신선놀음이 아닐 수 없다. 그런데도 매일 우리들은 무엇이 그리 바쁘다고 동동거리는지 알 수 없다. 산에 가서 땔감해 올 일 없이 밥은 전기밥솥이 책임지고, 수도가 주방 싱크대

앞에 달려 있으니 물을 길어 올 물동이도 필요 없는 세상이 아니던가.

빨래터에 시원한 바람이 분다. 지게꾼들이 헹군 빨래를 산등성이에 미리 쳐 놓은 빨랫줄에 널며 우리들에게 수고했다고 손을 흔든다. 내일이면 뽀송뽀송한 옷가지가 아이들에게 전달되리라.

도로에 축제물로 걸린 알록달록 오색의 티셔츠가 따뜻한 봄바람에 흔들흔들 춤을 춘다.

휠체어 소녀

휠체어에 앉은 소녀가 나를 보고 예쁘게 웃는다. 그 옆에 소녀의 어머니도 내게 반갑게 인사를 한다. 이웃 주민이다. 목욕 바구니를 번쩍 들어 보이며 대중목욕탕에 다녀온다고 한다. 그의 딸은 다리가 불편해 보인다. 소녀의 촉촉이 젖은 머리카락에서 은은한 샴푸향이 싱그럽다.

의용 여성대 봉사활동을 하던 시절에 나는 지체장애인 목욕봉사를 했다. 성서 향군회관의 사장님이 목욕탕을 무료로 내어 주셨다. 우리들은 주기적으로 지정된 날짜에 그들과 한 몸이 되어 회원의 때를 밀어 주기도 하고, 탕 속에서 일상의 이야기도 주고받으며 친목을 다졌다.

목욕봉사에도 여러 종류가 있지만 제일 마음이 쓰이고 힘이 드는 게 지체장애인 봉사이다. 회원의 몸이 가만히 있지 않으니 봉사자가 원하는 대로 목욕을 시킬 수가 없다. 회원의 팔 다리가 꼬여 있기도 하고, 간혹 한 쪽 팔이 없는 회원도 있다. 요령과 기술이 필요할 때에는 회원의 머리를 감길 때이다. 혹시 머리에서 흐르는 비눗물이 눈에라도 들어가는 날이면 눈이 따갑다는 회원의 목소리로 목욕탕이 떠나간다. 진땀이 등줄기를 흘러내릴 즈음이면 회원의 맑고 투명한 모습이 나의 가쁜 호흡을 진정시킨다.

목욕이 마무리 되고 회원을 부추겨 탈의실로 이동하는 것도 만만치는 않다. 대체적으로 체구가 큰 봉사자는 비슷한 체구의 회원과 한 조가 된다. 체구가 작고 약한 봉사자가 큰 회원의 몸을 감당하기가 쉽지 않기 때문이다. 장애 때문에 몸을 추스르지 못하는 회원을 봉사자가 온 몸으로 부축을 해야 한다. 덕분에 큰 체구의 나는 늘 평수 넓은 회원과 한 조가 된다.

회원의 옷을 입히는 데에도 많은 시간이 소요된다. 팔다리가 꼬여 있어서 서서히 펴가면서 입혀야 하기 때문이다. 회원이 할 수 있는 것은 스스로 홀로서기할 수 있도록 도와준다. 목욕을 마치고 집으로 돌아가는 회원의 뒷모습을 바라볼 때에는 가슴이 뭉클하다.

각 단체에서 추진하는 봉사자 교육에 참석해 보면 장애인의 사회적 심리 재활 필요성이 절실함을 느낀다. 이는 장애인에게 아무리 훌륭한 서비스가 제공된다고 하더라도 심리 사회적 부분에서 결핍이 있으면 진정한 재활이 이루어졌다고 보기 어렵기 때문이다.

지체장애는 휠체어를 밀어주는 봉사가 대부분이고, 시각장애는 부축해서 공간 이동하는 것이 태반이다. 청각장애는 수화로 회원들과 소통하고, 언어장애는 대화를 대신해 준다. 정신장애와 발달장애는 급작스런 상황이 많이 벌어지므로 힘도 좋아야 되지만 재치도 있어야 한다. 장애에 따라 일반인이 쉽게 먹는 사탕이더라도 생각 없이 주었다가는 큰일 난다. 사탕을 함부로 삼키기도 하고 봉지째로 뜯어 먹는 장애인도 있기 때문이다.

휠체어에 앉은 소녀가 다시 나를 보고 활짝 웃는다.

"영차 영차"

굴곡진 오르막길에서 나는 소녀의 휠체어를 밀어준다. 음지였던 길 위에 아침햇살이 번진다. 오르막을 오른 모녀의 등 뒤로 내 마음도 따라간다.

있을 때 잘해

영화관을 나오면서 눈물을 훔친다. 아름다운 노부부의 일생을 그린 다큐멘터리 영화이다.

다큐멘터리는 꾸미지 않은 순수함과 자연 그대로의 아름다움이 있어 좋다. 진모영 감독의 〈님아 그 강을 건너지 마오〉는 다큐멘터리 영화 역사상 가장 빠른 흥행을 기록했다. 76년을 함께 사랑하고도 부족한 노부부의 순애보는 4쌍이 결혼하면 1쌍이 이혼하는 현시대에 감동의 메시지를 남겼다. 자식들 결혼을 모두 시킨 실버세대에도 황혼이혼이라는 신조어가 생겨나는 요즘, 새로 출발하는 신혼부부들이 보면 좋을 영화이기도 하다. 부부싸움으로 냉전 상태에 있는 친구에게도 권하고 싶다.

같은 곳을 바라보며 살아가는 아름다운 부부가 더 많은 세상이긴 하지만 가끔씩 뉴스에 보도되는, 보험금에 눈이 어두워 사람들을 해치는 몰상식한 사람들도 있다. 배우자를 물속에 밀어 넣어 그 강을 제발 건너가라고 하는 못된 인간들도 신문 지면을 통해 접하기도 한다. 세 번을 이혼하고도 다시 결혼하는 사람도 보았다. 이혼하고 결혼하는 것을 무슨 집안에 가전제품 바꾸듯 한다. 상호 간의 잘못된 선택이었다면 굳이 참고 살아야 할 이유는 없다. 그것은 서로가 불행하기 때문이다. 그러나 결혼을 이용의 가치를 두고 하는 것은 잘못된 사고방식이다. 가치가 없어지면 또 다른 가치를 찾아 이혼하고 재혼하는 사람들, 물질주의로 치닫는 이기심에 정나미가 뚝 떨어지기도 한다. 아주 극소수이기는 하지만 말이다.

동네에는 30년이 넘도록 치매에 걸린 아내를 사랑으로 보살피며 힘든 삶을 살아가는 황혼의 할아버지가 계신다. 매일 아침, 일정한 시간에 거동이 불편한 할머니를 부추기며 동네 한 바퀴 운동을 시킨다. 그 모습이 너무 한결같아 이웃의 본보기가 되고 있다. 한 번쯤은 운동을 거르는 날도 있겠건만 비가 오면 커다란 골프 우산 속에서 정답고, 눈이 오면 아이처럼 좋아하는 할머니가 눈길에 미끄러질세라 노심초사하신다. 조심조심 걸어가는 할아버지의 뒷모습에서 생활의 고달픔이 느껴져 연민의 정이 솟는다.

한번은 봉사단체에서 할아버지 댁을 방문했다. 할머니를 목욕시켜 따뜻한 아랫목에서 옷을 입히고 계셨다. 라디오에서는 원로 가수의 〈있을 때 잘 해〉가 흘러나오고 있었다. 나는 준비한 간식을 쟁반에 챙겨 할머니께 갖다 드렸다. 할머니는 금방 목욕을 해서인지 기분이 좋아 보였다. 음료수를 따라 드렸더니 할아버지께 드렸다. 할아버지는 도로 할머니께 드리려다가 그만 이불 위에 쏟고 말았다.

우리는 그 다정한 모습에 웃음을 터뜨렸다. 점심시간이 되어 밥솥 뚜껑을 열어보니 빈 밥통이었다. 나는 쌀을 씻어 밥을 했다. 냉장고에서 주섬주섬 재료를 찾아내고 가져간 김치와 돼지고기를 썰어 넣어 찌개를 한냄비 끓였다. 한상 차려 빙 둘러 앉아 함께 식사를 했다. 할아버지는 할머니 숟가락에 밥을 떠서 반찬을 얹어 드리고 당신도 얼른 한 술 뜨셨다. 수십 년 동안 이 생활을 하시고도 귀찮아하는 모습은 찾아 볼 수가 없었다.

봄이 오는 길목이다. 나도 그 황혼의 노부부들처럼 '있을 때 잘 하려면' 어떻게 해야 할까. 영화처럼 남편의 머리에 꽃이라도 한번 꽂아 볼까나. 그는 아마 경상도 남자 특유의 무뚝뚝한 말

투로

"니 오늘 뭐 잘 못 묵었나? 마! 하던 대로 해래이."

할 것도 같다. 사랑하는 방식도 사람마다 다른 법이기에. 아지랑이 피어 오르는 따뜻한 봄날이 사뭇 기다려진다.

순이야 놀자

국보 1호에 숭례문이 있다면 내 마음의 고향에는 보물 1호 순이가 있다. 앞으로 불러도 '이순이' 뒤로 불러도 '이순이' 다. 앞태를 보면 화장기 없는 민얼굴이 시골길 신작로 옆 찔레꽃을 닮았다. 뒤태를 보면 단발머리에 가방 하나 메고 있는 품이 고등학생처럼 앙증맞다.

순이를 만난 것은 봉사활동을 하면서 15년의 세월이 흘렀을 때였다. 지금은 식품 대리점을 운영하는 사장이다. 재래시장 거래처에 납품을 하고 노점 상인에게 생활고 해소를 위해 많은 도움을 주고 있다. 새벽녘 일터에서 상인들에게 물품을 배분할 때에는 작은 체구에서 댓바람 소리가 윙윙 난다. 끼니를 걱정하는 젊은 부부에게는 일터를 만들어 주기도 한다. 열린 공간의 사무실은 남녀 노소 할 것 없이 드나들어 배고프면 국수를 끓여 먹고 커피 한 잔 편하게 마실 수 있는 공간이다. 내가 어려웠던 시기에는 아무런 조건 없이 목돈을 통장에 넣어 주던 배짱 두둑한 친구였다.

순이는 자기를 쏙 빼다 닮은 애완견 하늘이를 데리고 다녔다. 아카시아 피던 5월, 어느 농장 텃밭에서 순이와 나물을 캐고 있는데 하늘이가 이리저리 뛰면서 낑낑거렸다. 아카시아 꿀통이 멀리 보이는 것으로 보아 꿀벌이 하늘이에게 달려들었나 보았다. 순이는 나물 캐던 칼을 집어 던지고 '하늘이 살려' 하면서 개를 안고 달아났다. 친구인 나는 벌에 쏘이든지 말든지 아예 관심도 없어 보였다.

나는 벌에 쏘일세라 헐레벌떡 뛰어 나오다 하늘이가 누고 간 개똥을 밟고 말았다. 이 광경을 본 순이가 손뼉을 치면서 깔깔 넘어갔다. 나는 농담 반 진담 반으로

"친구 보다 개가 먼저네."

질투 섞인 말투로 눈을 흘겼더니

"개한테도 질투를 다 하네."

하며 얄미울 정도로 웃어젖혔다. 심통이 나서 슬쩍 하늘이를

해코지를 할까 생각하다가 말 못하는 짐승에게 체면이 서지 않아서 질척대는 신발만 풀섶에 뭉개고 말았다.

매일같이 전화 오던 순이가 며칠이 지나도록 연락이 되지 않아 사무실로 찾아갔다. 친구는 초췌한 모습으로 눈물을 훔치고 있었다. 하늘이가 노환으로 동물 병원에서 숨을 거뒀는데 순이는 차마 하늘이를 처리할 용기가 나지 않아 주저앉아 있었다. 가족들도 모두 병원에 가지 못한다고 하자 나에게 하늘이 장례를 맡아 달라고 부탁했다.

나는 가슴이 벌렁거려 우황청심환을 먹고 하늘이를 품에 안았다. 병원 문을 나서니 뉘엿뉘엿 석양이 지고 있었다. 친구의 농장 어귀에 흙을 파고 하늘이를 묻었다. 삽을 정리하고 장갑을 벗으려는데 어둠이 내리는 저편에서 자동차 불빛이 비쳤다. 순이였다. 친구는 손에 하얀 비닐 뭉치를 들고 있었다. 힘없이 내 곁으로 다가오는 순이에게 나는 하늘이가 묻힌 무덤 쪽으로 눈길을 보냈다.

흙이 마르지 않은 무덤가에 털썩 주저앉은 친구는 찬바람에 하늘이가 춥다며 비닐을 씌워 주었다. 지켜보던 나의 눈에서도 눈물이 흘렀다. 우리와 십여 년을 함께 한 하늘이는 가족이었으며 친구였는지도 모른다.

"하늘아, 하늘아"

애잔하게 부르던 친구 옆에서 나는 해 저문 하늘만 무심히 쳐다보았다.

연꽃이 피기 시작한 어느 날이었다. 순이에게서 놀자고 전화가 왔다. 머리가 아프다는 친구의 모습에서 생활의 스트레스를 보았다. 재래시장의 여러 부류의 상인들과 일을 하다 보면 서로 부딪치는 일이 왜 없겠는가. 시끌벅적한 삶의 현장은 웃지도 울지도 못할 사연들로 하루도 편할 날이 없다고 했다.

우리는 누가 먼저랄 것도 없이 야외로 길을 잡았다. 공원에서는 수련 전시회를 하고 있었다. 수련은 진흙 속에 뿌리를 내려 청초한 꽃잎을 물 위로 내밀고 있었다. 우리는 한참을 벤치에 앉아 수련을 바라보았다. 나는 연꽃에서 순이의 모습을 보았다. 진흙 속에 핀 꽃은 영락없는 순이였다. 나는 살며시 순이의 손을 잡았다. 곁에 있어 즐겁고 만질 수 있어 행복했다. 꽃잎에 머물던 물방울이 햇빛을 받아 반짝이는 것이 보였다.

흰머리 소년

맞은편에서 걸어오던 노신사가 못 본 체 하고 그냥 가느냐고 다짜고짜 고함을 지른다. 깜짝 놀라 가던 길을 멈추고 뒤를 돌아보니 백발의 노인이 아주 못 마땅한 표정으로 나를 쳐다보고 있다. 자세히 보니 동네의 전 자치위원장을 지낸 고문이시다. 현직에 있을 때는 염색을 했었는지 완전히 검은 머리였기에 고문이라고는 전혀 생각을 못 했다. 뵌 지 좀 되긴 했지만 반백도 아니고 백발이 된 데에는 믿어지지가 않았다.

몇 해 전 가을날이었다. 동네 단체 야유회가 있었다. 노래자랑에서 나는 최고상을 받았다. 부상으로 푸짐한 상품을 받아 회원들이 부러워하기도 했다. 음주 가무가 절정에 이를 무렵, 술 취한 동민 한 사람이 나도 노래를 했는데 왜 상품을 주지 않느냐고 위원장에게 덤벼들었다. 당황한 위원장은 내게 오더니 귓속말로 살짝 받은 상품을 좀 빌려 달라고 하셨다. 최고상을 받은 승자의 여유였던가. 나는 신경 쓰지 말고 그 사람에게 갖다 드리라고 쾌히 승낙했다. 위원장은 고맙다며 '이 원수는 언젠가는 꼭 갚겠다.' 고 했다.

따뜻한 어느 봄날, 아파트 부녀회가 주최하는 경로잔치에 참석한 위원장은 마이크를 잡으시더니 대뜸 나를 불러내셨다. 부녀회장을 맡고 있던 나는 위원장 옆자리에 섰다. 위원장은 헛기침을 몇 번 하고 나서

"부녀회장님, 오늘 드디어 원수를 갚으러 왔소이다."

하고서는 좋은 일에 쓰라며 금일봉을 내 손에 쥐어 주셨다. 의아해하는 내 모습을 보며 지난 가을 야유회 때 술 취한 동민 때문에 황당했던 얘기를 하셨다. 그때 회장님이 도와주셔서 행사 마무리를 잘 했다고 하면서, 어르신들께 고생하는 부녀회장에게 박수를 보내달라고도 했다. 어르신들의 박수갈채를 받으며 지난 가을을 기억해 보았다. 나는 벌써 까마득히 잊어버린 일들을 위원장은 마음속에 넣어두고 계셨던 것이다. 그 분이 멋있는 흰머리 소년이 되어 지금 내 앞에 서 계신다.

'흰머리 소년' 이라는 말은 제주 우도, 금강사의 덕해 스님에 의해서 유래되었다고 한다. 스님은 할머니들의 격의 없는 수다를 듣던 중 그 재잘거림이 소녀처럼 천진난만하다고 하여 '흰머리 소녀' 라고 했다고 한다. 이에 할아버지들도 시기하여 덧붙여 부르게 된 것이 '흰머리 소년' 이라고 한다.

불혹不惑의 나이에도 천방지축이었던 내가 지천명知天命을 넘으니 자꾸 뒤돌아보게 된다. 마음은 늙지 않았는데 흰머리가 한 올 두 올 생긴다. 나의 치아가 아닌 다른 치아가 떡하니 입안으로 굴러들어와 박힌 치아를 위협한다. 안경 안에 내 눈이 갇혀 사물을 보는 서글픈 자신을 본다. 그러나 마음만은 너그러워 지고 여유로워졌으면 하는 바람이다.

먼 훗날, 얼굴에 주름이 골이 되어, 콩 심고 팥 심자고 호미가 덤벼든다고 하여도 그것은 자연의 섭리라고 웃으며 넘길 수 있는 아름다운 흰머리 소녀이고 싶다. 불의를 보면 흥분도 할 줄 알고 고함도 지를 줄 아는, 정의롭고 참다운 일에는 칭찬과 박수도 아낌없이 보낼 줄 아는, 지금 내 앞에 서 있는 흰머리 소년처럼.

앞자리

봉사 단체에서 1박 2일 워크숍 가는 날이다. 복지관 마당에는 대형버스가 대기하고 있다. 목적지는 충북 계룡산 유스호스텔이다. 주부여성대학을 이수한 사람들로 구성되었다.

임원들이 버스 앞에서 탑승하는 회원들을 맞이하고 있다. 백여 명이 넘는 사람들이 움직이려면 임원들은 그 준비로 여러 날을 수고해야만 한다. 간식 준비와 일정표 짜기, 행사 특징에 걸맞은 강사 초청과 이벤트사와도 호흡을 맞추어야 한다.

버스가 복지관 마당을 서서히 벗어난다. 박스 속에 미리 챙겨놓은 수북한 간식을 일일이 한 보따리씩 받고 보니 버스는 벌써 고속도로에 진입했다. 동문회 총무가 회장 인사를 부탁한다. 그런데 회장은 쉰 목소리를 낸다. 감기가 오래 되어 목소리가 잘 나오지 않는다고 한다. 일반 회원이었으면 오지못할 상황이다. 그러나 앞자리란 웬만한 개인사정은 접어 두어야 한다.

점심시간이 임박해서야 버스는 계룡산 자락의 유스호스텔에 도착했다. 1월의 찬바람이 옷깃을 파고든다. 녹지 않은 눈 무덤이 군데군데 쌓여 있다. 숙소에 짐을 풀고 점심 식사를 한다. 임원들은 회원 인솔로 여념이 없다. 회장은 목소리가 시원찮으니 눈짓 손짓으로 회원들과 소통한다. 간단한 개회식이 끝나고, 인문학 특강이 시작된다. 온몸으로 열연하는 강사를 위해 박수갈채가 쏟아진다. 긴 시간, 회장은 아픔을 참고 있는 건지 제자리에서 꼿꼿하게 흐트러짐이 없다. 역시 프로다.

계룡산 기슭에 어둠이 찾아오고, 촛불 축제가 시작되었다. 넓은 강당에 회원들이 손에 든 백여 개의 촛불이 황홀하다. 마음속으로 가정을 떠나 나만의 시간을 가질 수 있도록 배려해 준 가족에게 감사한다. 잠시나마 살아 온 삶을 뒤돌아볼 수 있는 계기를 만들어 준 주최 측에도 고마운 마음이다.

일정이 마무리 되고, 야식을 챙겨 숙소로 돌아왔다. 방마다 웃음소리도 일상탈출을 했는지 복도까지 시끌벅적하다. 회원들과 이런저런 이야기를 나누는데 회장이 문안차 방으로 들어왔다. 난방은 잘 되는지, 방바닥은 따뜻한지, 깔아 놓은 이불속으로 손을 넣어 본다. 가까이에서 본 회장의 얼굴은 핏기라곤 없다. 나는 빨리 숙소로 가시라고 등을 떠밀었다. 주위가 조용해지자 내일 새벽에 갑사를 둘러볼 요량으로 조금 일찍 잠자리에 든다.

새날이 밝았다. 갑사 가는 길이다. 길가에 검게 썩은 고사목이 을씨년스럽다. 매표소를 지나 사찰의 첫 번째 문인 일주문에 도착했다. 일주문은 세속의 번뇌를 불법의 청량수로 말끔히 씻고 일심으로 진리의 세계를 향하라는 뜻이 담겨 있다. 여인의 치마폭처럼 푸근한 계룡산의 정기 아래 갑사의 풍경 소리가 우리를 맞이한다.

'갑사' 는 계룡산의 서쪽에 위치한 사찰로 사찰중의 으뜸이라 하여 '갑사' 라 했다. 서기 420년, 고구려에서 온 아포화상이 창건했으며 신라 화엄의 10대 사찰이 되었다고 한다. 붉은 기와 꽃문양이 담장을 장식하고, 추녀마루에는 7개의 잡상까지 올렸다. 갑사를 둘러보고 내려오는 길에 유명한 5리 숲길이 마음을 잡는다. 맑은 공기를 맘껏 마시고 숙소로 돌아오니 회원들은 잘나면 잘난 대로, 못나면 못난 대로 얼굴에 그림 그리느라 여념이 없다. 립스틱을 바르고, 머리손질에 수다까지 분주하다.

아침 식사를 마지막으로 우리를 실은 버스는 유스호스텔을 벗어났다. 오늘은 견학코스다. 버스 몇 대가 서로 앞서거니 뒤서거니 하면서 대전국립현충원에 다다랐다. 모두가 경건한 마음이 되어 현충탑 앞에서 단체 묵념을 한다. 순국선열과 호국영령들의 충의와 위훈을 기리며 현충원 묘역을 버스로 돌아본다. 그 규모가 너무 광범위하여 걸어서는 하루가 더 걸릴 듯했다. 안내원이 손으로 가리키는 천안함 46용사의 묘역을 지날 때는 가슴이 울컥했다.

경건한 마음을 머금고 육영수 생가에 도착했다. 마당 한 쪽에 있는 장독들마다 흰 눈이 소복소복 쌓여 여느 집 마당처럼 정감이 간다. 정원 연못에는 얼음이 꽁꽁 얼어 아직 해동의 기미가 보이지 않는다. 지난여름에 연못에서 보았던 청초한 백련이 머리를 스친다. 우뚝 솟은 기와의 처마가 생전에 정갈하고 곧은 육영수 여사를 보는 듯하다. 버스에 오르는데 비가 오려는지 하늘도 땅도 온통 잿빛이다.

견학이 마무리 되고, 대구로 돌아오는 버스 안은 자유시간이다. 차창 가에 기대어 눈을 붙이고 쉬는 회원이 있는가 하면 어젯밤에 밤새도록 수다를 떨고도 아직 못다 한 이야기가 남았는지 재잘대는 모습이 사춘기 소녀들 같다. 회장은 마지막 인사를 일일이 회원들과 악수로 대신한다.

한 달 후면 동문회 임원선출이 기다리고 있다. 인사하는 회장의 손을 놓으며 기러기의 리더십을 생각한다. 기러기는 하늘을 날며 멀리 함께 가는 방법을 안다. 먹이와 따뜻한 곳을 찾아 사만 킬로미터를 날아간다. V자형 편대에는 항상 리더가 있지만 앞자리에서 리더가 힘들고 지칠 때 리더는 수시로 바뀐다. 그들은 변화와 창의성을 두려워하지 않으며, 앞으로 나아갈 때 권력과 통제를 유지하려고 전전긍긍하지 않는다. 앞자리의 기러기가 은퇴를 해도 언제나 그 뒤를 이을 능력을 갖춘 다른 기러기들이 온다.

현대의 리더십도 기러기 유형의 리더십이 되어야 하지 않을까. 성숙한 리더란 자신의 성장뿐만 아니라 다른 사람의 성장을 돕는 것에 보람을 느낄 수 있어야 한다. 기러기의 리더십을 닮은 오늘의 멋진 임원들에게 다음에도 유임의 한 표를 던지고 싶다.

1박 2일의 일정이 닻을 내릴 시간이다. 버스에서 내린 동문들의 웃는 모습에 임원들은 피로도 잊은 듯하다. 가방을 챙기는 회원들의 휴대폰 벨소리가 요란하다.

"집에 가면 저녁은 뭘 해 먹지?"

모두 한목소리들이다. 또 다시 일상이다.

여성 예비군

나는 대구시 남구 여성 예비군이다. 여성 예비군의 목적은 재난, 재해 구호활동이나 피해복구 지원이다. 지역안보 계도를 위하여 야간 순찰도 한다. 우범지역을 돌아다니며 번쩍이는 야광 방망이를 들고 청소년 탈선방지에도 힘쓴다.

주민센터 동대에서 예비군 소집훈련 통지서가 날아왔다. 장롱 한편에서 잠자고 있는 군복을 꺼냈다. 훈련 시에는 전투복 복장을 완전히 갖추어야 한다. 군화, 군모까지 눌러쓰고 거리로 나왔다. 쇼윈도에 비친 나의 모습을 보니 영락없는 여군이었다. 길가는 행인들이 힐끔힐끔 쳐다보며 지나갔다.

훈련지는 대구 능성동 팔공산 근처의 군부대이다. 구청에서

지원 차량이 대기했다. 개구리복장을 한 우리들은 버스 출구 앞에 서 있는 중대장에게 '충성' 경례를 붙이며 헐레벌떡 차에 올랐다. 팔공산 부대 안으로 버스가 진입했다. 검문소 앞에는 아들 같은 군인이 보초를 서고 있었다. 갑자기 군에 간 아들 얼굴이 떠올랐다. 씩씩하게 군 생활을 잘하고 있노라고 편지가 왔었다. 보고 싶은 마음에 울컥 눈시울이 뜨거워졌다.

훈련시간은 6시간이었다. 정신수양훈련과 각개훈련이었다. 각개훈련은 시설물을 설치하여 기본적인 사격훈련을 우선적으로 하는데 방탄모와 조끼 착용은 필수였다. 총기는 'M16'으로 실탄은 플라스틱 구슬처럼 생긴 훈련용 실탄을 사용했다. 철모와 총기의 무게도 만만치 않았다. 긴 시간 훈련에 6월의 뜨거운 햇살이 군복을 땀으로 얼룩지게 했다. 산등성이에 시설물 적군을 응시하며 뛰어올랐다. 치열한 육박전 훈련은 우리들의 몸부림 속에 일망타진되었다. 철조망 통과하기를 하다가 군복이 철조망가시에 걸려서 찢어졌다.

"훈련은 전투다. 앞에 총 각개전투"

외치면서 막바지 진땀을 뺐다.

식사는 뷔페였다. 군용 식판에 음식을 넘치도록 담아 우리는 허기진 배를 채웠다. 식사 후 짧은 휴식이 끝났다. 마지막 훈련으로 '향방작계의 꽃' 이라고 불리는 주둔지를 둘러보며 뭉친 근육을 풀었다.

지난번엔 본부 주관으로 견학을 가기도 했다. 행선지는 울진 삼척 무장공비사건이 있었던 비무장지대였다. 11월이라 구름도 쉬어간다는 운두령 고개를 지날 때는 단풍이 절정이었다. 비무장지대에 들어서니 철조망 사이로 이름 모를 들꽃이 바닷바람에 애처로이 떨고 있었다. 못다 핀 젊은 영혼이 들꽃으로 다시 피었던가!

갈매기 울음소리를 뒤로 하고 오솔길을 걷노라니 이승복 어린이의 기념비가 발길을 붙잡았다.

"공산당이 싫어요."

의 마지막 노래 한 구절이 입 안에서 맴돌았다.

"구름도 쉬어가는 운두령 고개

새 무덤 오솔길은 산새가 운다."

분노가 가슴 밑바닥에서 치솟았다. 분단의 철조망은 언제 쯤 무너지려는가.

돌아 나오는 길에 파도가 부서지는 바위틈 속에서 검푸른 해초가 너울거렸다. 통일과 자유를 갈망하는 내 마음처럼.

훈련을 마친 우리들은 충성을 외치며 버스에 올랐다. 다가오는 10월 경기도 파주의 판문점 견학도 기대된다. 남북회담 본부에서 우리들은 다시 한 번 단합을 할 것이다.

운봉 오빠

운봉 오빠가 종이박스를 줍는다. 그 옆에 다리가 불편한 어르신이 손수레에 박스를 차곡차곡 싣는다.

운봉 오빠를 만난 건 봉사활동이 왕성했던 십여 년 전이다. 조그만 사업을 하는 그는 만인의 연인으로 불리는 독신이다. 사사로운 욕심을 부리지 않고 정도 많으니 주위엔 늘 사람들이 많다. 불편하고 어려운 이웃을 만나면 가만있지 못한다. 박스 줍는 어르신들에게 폐지를 모아주고, 차량봉사도 곧 잘 한다. 봉사자 모임에서 장거리를 갈 때마다 든든한 옆자리가 되어 궂은일을 도맡아 해주는 고마운 사람이다.

어느 여름날, 단체 회원들과 2박 3일 강원도 여행길에 올랐다.

운봉 오빠는 먼 길 운전에 피곤했을 텐데도 야영장에 회원들의 텐트까지 쳐 주었다. 뜨거운 햇살 아래 땀방울이 비 오듯 해도 힘든 내색 하나 없으니 더욱 미안한 마음이었다. 몇 시간이 지나자 대·소형 텐트가 나란히 마주보고 섰다. 짐을 풀고 나니 모두들 배가 고픈지 밥상 차리기에 분주하다. 누구나 자신이 배고프면 밥 짓는 손놀림이 저절로 빨라진다. 반대로 본인이 배부르면 옆에서 아무리 밥 먹자고 보채도 천하태평이다.

야외에서 먹는 식사는 간혹 바둑이도 들여다보고 고양이도 어슬렁거린다. 정 많은 운봉 오빠가 생선을 두 토막 내어 던져준다. 개와 고양이가 게 눈 감추듯 자기 몫을 먹어 치우고 또 달라는 듯 운봉 오빠 근처를 맴돈다. 똑같이 먹이를 나눠 주는 세심한 그의 모습에서 따뜻한 동물사랑을 보았다. 설거지가 마무리되자 모두들 텐트 속으로 들어가 잠시 휴식을 취한다. 풀내음 새소리에 마음이 맑아진다. 운봉 오빠는 작은 텐트에서 음악을 즐기며 문지기를 한다. 펑퍼짐한 아줌마들을 그 누가 눈독을 들인다고 연신 주위를 살피곤 한다.

잠시 휴식을 취하고 텐트촌을 빠져 나왔다. 인근을 한 바퀴 돌아보니 펜션 가 텃밭에는 옥수수가 익어가고 붉은 맨드라미가 햇볕을 맞으며 꾸벅꾸벅 졸고 있다. 계곡 구석마다 피서 온 사람들로 빽빽하다. 해넘이가 가까워지자 모두들 밤을 보낼 준비로 분주하다. 어둠이 내리자 찌는 듯한 더위도 째지게 울어대던 매미소리도 한 풀 꺾인다. 운봉 오빠가 미리 마련해 놓은 쑥대로 모깃불을 피운다. 은은한 쑥 향에 모기는 달아나고, 주위의 사람들은 불꽃을 찾아 몰려든다. 한여름 밤의 모닥불이다.

피서지의 매력은 낯선 곳에서 모르는 사람들과 어울리는 일이다. 각자 자기소개를 하다가 보면 모인 사람들은 전국구다. 서울, 부산, 멀리 섬에서도 휴가를 왔다. 섬사람들은 육지를 동경하며 바다를 건너오고, 육지 사람들은 섬 여행이 선망의 대상이 되기도 한다. 밤하늘에 별이 총총 내리고, 쑥 향이 은은하게 온몸을 휘감을 때 여기저기서 맥주 파티가 벌어진다. 활활 타던 모깃불이 꺼져갈 즈음, 사람들도 제각기 텐트로 돌아간다. 술을 못하는 운봉 오빠는 분위기만 즐겨도 좋은 모양이다. 노래를 부르며 햇감자를 은박지에 돌돌 말아 남은 불속에 묻어둔다. 내일 아침이면 쑥 향이 배인 구운 감자를 맛볼 수 있으리라.

텐트 속이 생각보다 아늑했다. 운봉 오빠가 바닥에 편편한 쿠션을 깔아 주어 잠자리가 편안하다. 계곡 물소리가 자장가가 되고, 망사 텐트 지붕 위로 휘영청 달빛이 쏟아진다. 별을 세다가 잠이 들었던가. 개 짖는 소리에 깨어보니 어느새 아침이다. 세수를 하려고 물가로 갔다. 잔잔한 물속에 똑같은 내 얼굴이 웃고 있다. 물속 얼굴 위로 작은 피라미들이 왔다갔다 자유롭게 노닌다. 맑은 물이 그냥 흘러가는 게 아까워 목에 건 수건을 물속에서 흔들어 본다. 마음속에 찌든 때까지 설렁설렁 흔들어 본다. 도회지에서는 할 수도 느낄 수도 없는 것들이 아니던가. 흐르는 물길을 따라 가던 눈길이 멈춘다. 운봉 오빠가 저쪽에서 다슬기를 잡고 있는지 허리를 구부리고 물속을 유심히 들여다보고 있다.

그 모습에서도 어느 여름날의 웃지 못할 추억 한 자락을 건져낸다. 다슬기를 잡으러 간 그는 땅거미가 서산을 넘었는데도 오지 않았다. 기다리다 덜컥 겁이 난 우리들은 계곡 언저리에서 목이 터져라 운봉 오빠를 불러 보았지만 돌아오는 메아리는 없었다. 주위는 점점 어두워지는데 한참을 기다려 봐도 그는 오지 않았다. 자꾸만 불길한 예감이 들어 119에 신고를 했다. 위치를 세세히 알려 주었더니 출동을 하겠다고 한다. 우리들은 아무것도 못하고 그가 들어 간 계곡만 바라보고 있는데 어둠속에서 뚜벅뚜벅 발자국 소리가 들려왔다. 운봉 오빠였다. 우리들은 안도의 숨을 몰아 쉬었다. 왜 늦었느냐고 묻기도 전에 그는 걱정을 끼쳐서 미안하다고 사과부터 한다. 바위에 발을 헛디뎌 넘어졌다고 한다. 잡은 다슬기도 엎질러서 사방으로 흩어져 주워 담는데도 한참이 걸렸다고 했다. 물속에라도 뒹굴었는지 그 모습이 물에 빠진 생쥐가 따로 없었다. 나는 급히 119에 죄송하다고 전화를 했다. 사고가 아니니 다행이라며 철수하겠다고 한다.

다음날, 우리들은 운봉 오빠가 잡아 온 다슬기로 새콤달콤 무침회도 맛보고, 운봉표 다슬기국도 끓여 두 그릇씩 포식했다. 자연 속에서 하룻밤을 보내고 떠날 채비를 한다. 운봉 오빠는 텐트 철수에 들어가고, 우리들은 뒷정리를 한다. 주위의 경관이 아무리 좋아도 금쪽같은 시간을 한 곳에서만 보낼 수 없다는 그의 의견에 인근의 관광지와 문화유적을 찾아보기도 했다. 그 역시 봉사활동도 여행도 좋아하니 우리들과는 아름다운 인연이다.

어르신은 불편한 다리를 절뚝이며 손수레를 끌고 오르막길을 오른다. 황혼의 빈곤이 마음을 짠하게 한다. 그의 뒷모습을 불안한 듯 쳐다본다. 아니나 다를까. 운봉 오빠는 어르신의 가득 실은 박스가 쏟아질세라 뛰어간다. 그리고는 그를 부축하며 손수레를 받아 끈다. 오늘도 어르신의 쉼터까지 함께 가려나 보다. 물끄러미 바라보는 나에게 그는 잠시 가던 길을 멈추고 손을 흔든다. 나도 팔을 번쩍 들어 잘 다녀오라고 답례를 한다. 이웃사랑이 곧 나라사랑이라며 진정한 마음과 행동으로 실천하는 운봉 오빠가 자랑스럽다. 행동은 없고 입으로만 노래 부르는 사람들도 많지 않은가. 솜사탕처럼 부드러운 봄바람이 가슴속에 훈훈하게 분다.

유기견遺棄犬

아파트 입주자 회장이다. 업무보고를 받기 위하여 관리사무실로 들어간다. 결재를 마치고 잠깐 커피 마시는 시간이다. 관리소장이 사무실에 설치된 CCTV를 확인하던 중 서편 엘리베이터 앞에 물체 하나가 잡힌다며 다녀온다고 한다.

잠시 후, 소장은 조그만 핑크빛 박스를 들고 사무실로 들어왔다. 무슨 소리가 들려 뚜껑을 열어보니 강아지가 낑낑거리며 울고 있다.

"세상에, 이 추운 날에 누가 강아지를 버렸단 말인가!"

나는 소장에게 우선 아파트 옥내방송을 하라고 했다. 그런데, 1시간이 지나도 아무런 반응이 없다. CCTV 실시간 조회에 들어갔다. 조회 중 봉고차가 아파트 정문 입구로 진입하여 여자가 사

각박스를 안고 내리는 것이 화면에 잡혔다. 화면을 확대하여 차량번호를 알아냈다. 아파트 주민인가 하여 관리실에서 차량조회를 했으나 없다. 인근 파출소로 전화를 했다. 차량번호를 알려주고 상황을 설명하며 강아지 주인의 신원조회를 부탁했다. 개인정보 유출이 되지 않는다 하여 파출소에서 직접 연락해 주기를 부탁하고 잠시 답을 기다렸다.

박스 속의 떨고 있는 강아지는 시츄이다. 따끈한 온수를 가까이 가져다 주어도 움직이려고 하지 않는다. 잠시 후 파출소에서 연락이 왔다. 휴대폰이 바뀌었는지 연락이 되지 않는다고 한다. 앞산자락에 주소지를 둔 사람이니 그곳 주민센터로 연락해 보라고 한다. 다시 주소지를 그곳 주민센터에 알려주고 전후 사정을 설명했다. 강아지 주인에게 연락하여 사무실로 본인이 직접 전화를 해 달라고 부탁했다. 사무실 퇴근 시간 안에 연락이 없으면 구청 민원실로 의뢰하겠다고 담당자에게 으름장을 놓았다. 시츄는 주인이 보고 싶어 우는 건지 배가 고파서 우는 건지, 계속 낑낑거린다.

아파트 정문 모퉁이에 동물병원이 있다. 나는 시츄를 안고 먹이라도 구해 보려고 병원 문을 열었다. 그런데, 그곳에서 뜻밖의 얘기를 들었다. 몇 시간 전에 진료를 받으러 왔던 강아지라며 상태가 좋지 않아 그냥 데리고 갔다고 한다. 혹시 전화번호가 있느냐고 물었더니 없다고 한다. 그러면 몸도 성치 않은 강아지를 버리고 갔단 말인가! 어떤 사람인지 더욱 궁금한 마음이 되어 사료를 한 줌 얻어서 관리실로 돌아왔다. 아직 아무런 연락이 없다고 소장이 얘기한다. 시츄는 울음도 신음도 아닌 가쁜 숨소리만이 애처롭다. 먹이를 주어도 미동도 하지 않는다.

국내 애견 인구가 1000만 명에 달한다고 한다. 우리나라 인구의 5분의 1이 반려 동물을 키우고 있는 셈이다. 단순히 애완견의 개념에서 이제는 가족으로서 애완동물과 함께 하고 있는 가정이 늘어나고 있다. 그런데도 해마다 유기견이 10만 마리 가량 발생한다는 것을 어떻게 받아 들여야 할까.

실제로 애견을 잃어버리는 경우도 있지만 버려지는 경우가 더 많다고 한다. 현재 동물등록이 의무화되고 유기견 돕기 등, 사회적으로 캠페인이 시행되고 있지만 근본적인 유기견을 해결하기란 매우 역부족이라고 한다. 정확한 정보 없이 무분별한 분양이 이루어지는 것도 문제지만 반려동물을 키우는 인구에 비해 상호 교류의 장이 부족한 것도 유기견 발생의 근본적인 원인이 아닐까 생각해 본다.

전화벨 소리가 날 때 마다 귀를 쫑긋 세운다. 관리실 퇴근시간이 얼마 남지 않았다. 소장도 사료를 먹여 보려고 애를 태운다. 나는 전화가 오지 않는다면 시츄를 어떻게 해야 하나 생각 해 본다. 또 벨이 울린다. 소장의 목소리가 높아진다. 직원들 모두 그쪽으로 시선 집중이다. 소장은 강아지 주인이 오고 있다고 얘기한다. 다행이라는 생각도 잠시 부글부글 끓어오르는 불편한 마음을 어쩔 수 없다.

노크 소리에 숨을 죽이고 일제히 문 쪽으로 눈길을 돌린다. 의외다. 30대 중반 쯤 되어 보이는 아리따운 여자다. 머리를 숙이고, 무조건 잘못했다는 강아지 주인을 보며 소장이 입을 열었다. 강아지를 왜 버리고 갔느냐는 질문에 키울 입장이 못 되어 그곳에 두면 누구라도 데려갈 것 같아서 그랬다는 것이다. 아무도 데려 가지 않고 방치되었을 때 생각은 해 보지 않았느냐는 나의 질문에는 기어 들어가는 목소리로 죄송하다는 말 뿐이다. 우리가 먹이려다 흩어진 사료를 여자는 물끄러미 바라보더니만 강아지를 끌어안고 눈물을 글썽였다. 나는 부모도 버리는 세상인데 싶어 더 이상 아무 말도 하지 않았다. 그나마 위안이 되었던 것은 사람이 드나드는 아파트에 두면 누구라도 돌봐 줄 것 같았다는 말이다. 차를 타고 가다가 아무도 없는 시골길에 버리고, 여행길에 동행했다가 헌 신짝 버리듯 데리고 오지 않는 사람들도 있지 않은가!

휴대폰이 울린다. 친구들의 수다가 귓가에 맴돈다. 강아지 소동에 모임 약속을 잊었다. 헐레벌떡 약속 장소로 발걸음을 옮긴다.

며칠 후, 아파트 게시판에 애견을 찾는 문구가 걸렸다. 아롱이를 찾아 주시는 분은 후사하겠다는 내용이다. 게시판을 바라보며 생각에 잠긴다. 주인에게 돌아간 시츄는 잘 있는지 사뭇 궁금해진다.

거제도에서 띄우는 편지

H 고문님.

저는 지금 거제도에서 파도가 넘실대는 해변을 걷고 있습니다. 바다낚시에 걸린 팔딱이는 물고기를 만나니 고문님이 더욱 생각납니다. 사람들을 생각하는 고문님의 마음이 바다처럼 깊고 넓은 까닭이겠지요.

고문님.

고문님은 오랜 세월 회 센터를 운영하시며 동네를 위해 물심양면으로 협찬을 아끼지 않으셨지요. 제가 부녀회장 하던 시절이 생각나는군요. 두류공원 금요장터에서 불우이웃 기금조성 행사를 할 때였습니다. 먹거리 부스에서 땀을 빼고 있는데, 고문님이 제 앞에서 웃고 계셨지요. 두 손에는 피로회복제를 들고 말입니다.

뜨거운 여름날 잔치국수밖에 대접을 할 수 없었지만, 늘 고생 많다며 저의 어깨를 토닥거려 주셨습니다. 회원들을 격려하며 금일봉도 잊지 않으셨고요. 동네 일을 하면서 힘든 일도 많았지만, 고문님이 저희 단체의 든든한 후견인으로 계셔서 견딜만 했습니다. 자치위원장을 하시며 동네를 화합하시던 시절이 제일 행복했습니다. 부녀회가 몇백 명의 경로잔치를 치루고 나면 애썼다고 목욕비는 물론 진수성찬도 차려주셨지요. 행사 때마다 초대장을 들고 갔어도 고문님은 얼굴 한 번 찡그린 적이 없었습니다. 오히려 제게 부끄럽다고 하셨지요. 부녀회가 하는 몸 봉사에 비하면 금전적인 게 훨씬 수월한 봉사가 아니겠냐는 말씀이 지금도 귓가에 쟁쟁합니다.

자금이 궁핍한 잦은 행사에 고문님께 전하는 초대장의 의미는 무엇이었을까요. 늘 '돈 좀 내 놓으시오' 라는 말이란 걸 알면서도 저희들이 갈 때마다 지원을 아끼지 않으셨습니다. 그것도 모자라 회원들에게 계절마다 좋다는 보양식은 다 사 주셨잖아요. 심심산골 닭백숙의 부드러운 그 맛을 지금도 잊을 수가 없습니다.

고가의 바다가재도 눈앞에 삼삼합니다. 주위에서 정계 쪽으로 나가시라고 추천서를 넣어도 겸손하게 정치는 아무나 하는 게 아니라고 손사래를 치셨지요. 사업가는 사업만 잘 하면 되고, 정치는 전문성을 지닌 정치가가 해야 된다면서요. 신념과 주관이 확고한 고문님을 존경한 시점이 그때가 아니었는가 생각해 봅니다.

고문님.

언젠가 공원에서 운동하시는 모습을 뵌 적이 있었지요. 의욕과 건강이 넘쳐 보여 참 좋았습니다. 늘 그 모습으로 사시길 기도합니다. 바다를 바라보는 야자수가 이국적인 풍경을 느끼게 합니다. 고문님은 제게 끈기와 집념을 가르쳐 준 제 마음속에 지지 않는 야자수입니다.

어느새 수평선 끝자락이 붉어집니다. 아름다운 석양이 가슴을 울컥하게 합니다. 지는 노을이 아름다우려면 오후의 하늘이 맑아야 된다지요.

저 멀리 일행이 빨리 오라고 손을 흔듭니다. 이제 그만 숙소로 들어가야 되겠습니다. 내일은 또 다른 행사로 대구로 내려가는 길이 바빠질 듯합니다. 고문님, 많이 보고 싶습니다.

내내 건강하십시오.

하늘법당에서

또 재발이다. 신우염으로 몸이 편치 않으니 마음이 스산한 가을이다. 식욕이 떨어지니 먹고 싶은 게 없다. 몸에도 비타민이 필요하다. 볕 쬐는 고양이마냥 베란다 창문 앞에 웅크리고 앉는다. 문득 입맛이 없어서 공양간의 절밥을 먹었더니 밥맛이 돌아왔다는 법우의 이야기가 머리를 스친다. 불교 수업이 있는 날은 아니지만 법화경 한 권을 가방에 넣고 집을 나선다.

공양간에는 많은 사람들이 줄을 서서 배식을 기다리고 있다. 그 한 쪽에는 모금함이 있는데, 밥값으로 모아진 돈은 연말에 불우이웃돕기 기금으로 요긴하게 쓰인다. 많은 사람들이 제각기 움직이는 모습이 활기가 넘친다. 주방에는 앞치마를 두른 봉사자들이 손 쉴 틈이 없다. 급식봉사는 설거지가 가장 힘들다. 그러나 공양간의 봉사자들은 설거지를 하지 않아도 된다. 발우 공양에 길들여진 불자들이 공양을 마치고 난 자신의 그릇은 직접 설거지를 하기 때문이다. 설거지라야 밥그릇 하나, 국그릇 하나, 수저가 전부이다. 그렇다고 밥과 국만 가지고 밥을 먹지는 않는다. 그릇의 수요를 줄이기 위하여 편편한 대접에 밥과 갖가지 반찬을 담고, 고추장 한 스푼이면 공양 준비가 끝이 난다.

오늘의 메뉴는 콩나물국에 야채 비빔밥이다. 가는 날이 장날이다. 어느 불자가 재齋를 지냈는지 떡과 부침개가 보너스다. 식복은 타고난 모양이다. 아침도 먹는 둥 마는 둥 하여 배꼽시계가 밥 달라고 난리다. 집보다 반찬이 나은 것은 아니지만 사람들에게 휩싸여 밥 한 그릇을 뚝딱 비웠다. 절밥을 먹으면 기운이 난다는 얘기가 밥맛을 두고 한 말은 아닐 것이다. 믿음이 머무는 곳이기에 마음이 편안하다. 봉사자가 해 주는 따뜻한 밥 한 그릇과 불자들의 격 없는 훈훈한 덕담에 느슨해진 몸의 세포들이 천천히 제자리를 찾아가는 느낌이다. 밥을 먹었으니 밥값은 해야 한다. 내가 좋아하는 6층 한 쪽에 자리 잡은 노천, 하늘법당으로 자리를 옮긴다.

사시사철 초목들이 아름다운 곳이다. 스산한 갈바람에 메마른 연잎 부딪히는 소리가 사그락거린다. 뒤 늦게 핀 윤기 없는 연꽃이 지친 내 모습과 많이 닮았다. 삶은 늘 활짝 핀 꽃이 아니다. 서서히 탈색되어 제 모습을 잃어버린 연꽃은 내 인생의 어디 쯤일까. 지천명知天命을 넘어 첫 서리를 맞은 내 모습을 본 듯 서글픔이 밀려온다.

인드라망 카페에 올릴 사진 찍기 봉사를 시작한다. 사진은 그날의 심리상태에 따라 찍는 대상도 달라진다. 오늘의 주제는 석양에 지는 꽃이다. 황홀하리 만큼 아름다운 전성기를 지나, 시간의 흐름 속에 초목草木들은 형형색색의 단풍을 준비한다. 앙상한 가지 위에 매달린 아침이슬처럼 낙엽 되어 사라진다. 창포가 바람에 일렁이는 담벼락 위에 호박 삼형제가 나란히 앉았다. 누렁이 호박 위로 햇살이 넘어간다. 정자에는 언제 오셨는지 스님 한 분이 책장을 넘기고 계신다. 나는 가까이 다가가서 두 손을 모으고 합장을 한다. 스님은 나의 안색을 살피시더니

"보살님, 안색이 안 좋으십니다."

다정한 스님의 입가에 미소가 번진다.

"스님, 전 요즘 마음에 구름이 떠다닙니다. 이 구름이 언제쯤이면 사라지려는지요?"

불편한 몸과 마음을 아셨는지

"가지 않는 구름을 가라고만 마시고 구름을 타고 즐겨 보시지

요. 그곳에도 삶의 진리는 있겠지요."

하늘법당 대불大佛처럼 온화하고 고요한 스님의 말씀이다.

노천법당에 저녁노을이 붉게 깔린다. 우뚝 선 대불 위로 비둘기가 날아든다. 어둡던 내 마음에도 서서히 안개가 걷힌다. 해바라기는 해님 따라 석양에 아름답다. 대불大佛을 바라보는 내 모습처럼.

내 이럴 줄 알았다

1박 2일 코스를 당일치기로 추진해야 하는 청산도 문학기행은 회장으로서 조금은 부담이 되었다. 회원들을 실은 버스는 완도 여객터미널로 서서히 출발했다. 40여 명이나 되고 보니 버스는 당연히 만차이다. 출발지로 무사귀환 하기를 빌어본다.

휴게소를 몇 군데 거쳐 서너 시간을 달려왔을까. 완도여객선 터미널에 진입했다. 순간 눈이 휘둥그레졌다. 주차장에 빈 공간이 없다. 예약이 되지 않았으니 예정된 시간에 배를 탈 수 있을지도 의문이다. 회원들이 점심식사를 하는 동안 주민등록증을 거두어 대합실을 향해 뛰었다.

내 이럴 줄 알았다. 뱀 꼬리처럼 길게 늘어선 줄이 여기저기

사람들로 인산인해이다. 배표를 발부하는 직원에게 항의를 했다. 전화했을 때 왜 예약을 받아 주지 않았느냐는 질문에 직원은 묵묵무답이다. 완도 관광 진흥에 전화를 했다. 자기네들도 이렇게 사람들이 몰려들 줄은 몰랐다는 것이다. 며칠 전에 청산도의 모든 축제가 끝이 났기에 바로 티켓팅을 해도 될 줄 알았다며 연휴 걸린 걸 파악하지 못해서 죄송하다고 한다.

배표를 구하려는 사람들의 줄 서기는 좀처럼 줄어들지 않았다. 이대로 가다가는 회원들과 청산도 땅을 밟아 보지도 못하고 돌아가야 할 판국이다. 긴급 상황에 순발력이 필요했다. 나는 뒷줄에서 떨어져 나와 새치기를 하려고 마음먹었다. 새치기를 하는데도 요령이 있다. 중간에 끼워 줄 후덕한 사람을 먼저 물색해야 한다. 줄을 따라가던 나의 시선이 아들 같은 청년에게 눈길이 멎었다. 잠시 면담을 좀 하자고 옷자락을 끌어당겼다. 나는 통사정을 했다. 청년의 마음이 움직이는지 눈동자의 초점이 흔들렸다. 그가 우려하는 것은 만약에 뒷줄에서 새치기 아니냐고 덤벼든다면 어떻게 하느냐고 내게 묻는다. 나는 청년을 안정시키고 그 부분은 내가 알아서 할 터이니 무조건 내 앞에 줄 서 있다가 화장실 갔다고만 해달라고 부탁했다. 그가 고개를 끄덕이고 줄 서 있는 일행 속으로 사라졌다. 잠시 후, 나는 휴대폰을 받는 척하며 청년이 서 있는 줄 앞에 큰 몸을 밀어 넣었다.

아니나 다를까. 우려했던 일이 일어나고야 말았다. 뒤에서 일행인 듯 보이는 두 사람이 내게 다가왔다.

"아줌마 지금 새치기 하신 거 맞지요?"

나는 당당하게 화장실에 갔다가 전화가 길어져서 이제 왔다고 했다. 그리고는 그 청년에게 "맞지요?"를 연발했다. 그 청년 고맙게도

"맞습니다. 맞고요"

를 외쳐준다. 두 사람은 고개를 갸우뚱거리며 제자리로 돌아갔다. 주위에 보는 사람이 없었다면 청년을 덥석 안아주고 싶었다. 드디어 내 차례가 되었다. 예정 시간보다 한 시간이 늦은 배편이지만 청산도를 밟을 수 있는 행운이 주어졌다.

저 멀리 청산도가 시야에 들어온다. 영문도 모르는 회원들의 환호성이 새치기한 불편한 나의 마음을 위로해 준다. 대구에 도착할 때까지 순풍에 돛 달고 가듯 순탄한 청산도 기행을 기대해 본다.

일찍 배에서 내린 일행들이 손을 흔든다. 일일 조장을 맡은 임원들이 조 편성표를 보며 회원들의 이름을 크게 외친다. 이제부터는 조장들의 활약으로 청산도가 분주할 것 같다.

국거리 한 근

세탁물을 맡기려고 세탁소의 문을 연다. 하루같이 친절하게 맞아 주는 주인아저씨를 보면서 늘 가슴 한편이 아려온다. 가족은 아내와 아들 둘을 두었는데 아내와 아들 하나가 장애가 있다. 아내는 언어장애로 말이 안 되고, 아들은 지체장애로 행동이 원활하지 못하다. 아저씨는 건강이 좋지 않아 며칠 동안 가게 문을 닫고 보니 세탁물이 많이 밀렸다고 바쁘게 몸을 움직인다. 옆에는 어린아이처럼 투정부리는 그의 아내가 껌 딱지처럼 붙어있다. 그래도 아저씨는 웃음을 잃지 않고 열심히 다림질을 한다. 세탁소를 나오며 나는 그가 정말 힘들었을 몇 해 전의 세탁소 도둑 사건을 회상한다.

친정 오빠가 생일 선물로 겨울 재킷을 사 주었다. 옷이 없는 것은 아니었으나 오빠가 사 준 옷이었기에 애지중지했다. 드라이클리닝을 맡긴 지 며칠이 지나 옷을 찾으러 갔다. 그런데 세탁소 주위에는 사람들이 벌 떼처럼 몰려 웅성거리고, 세탁소 주인은 정신 나간 사람이 되어 허공만 쳐다보고 있었다. 상황을 들어보니 새벽에 도둑이 들어 쓸 만한 옷은 모조리 싹쓸이해 갔다는 것이었다. 내 옷도 보이지 않았다. 세탁소 주인으로서는 청천벽력이 아닐 수 없었다. 얼굴에 핏기라곤 보이지 않는 그를 뒤로하고 나오려는데 주인은 조금만 기다려 주시면 보상을 하겠다고 한다. 나는 마음속으로, '하루 벌어 하루 먹고 살기도 바쁜 생활에 어느 세월에 저 많은 사람들의 옷값을 보상한단 말인가. 하늘도 무심하시지!' 하며 안타까워했다.

가슴에 돌멩이를 얹어 놓은 듯 무거운 마음이 되어 집으로 돌아왔다. 당시 나는 아파트 부녀회장을 맡고 있었다. 그냥 보고 있기에는 마음이 편하지 않았다. 회원을 동원하여 이웃 돕기에 나섰다. 우선 세탁소에 분실 옷을 찾으러 오는 사람들에게 형편이 어려우니 도와주자고 설득을 했다. 다행히 아파트 상가에 있는 세탁소라 주민이 태반이었다. 겨울이라 피해가 더 컸다. 두툼한 고가의 의류들이 많았기 때문이었다, 옷을 맡긴 사람들의 보상 요구도 다양했다. 옷을 구입하여 얼마 입지 않았으니 전액 보상을 해 달라는 사람도 있고, 이것저것 다 귀찮으니 똑같은 옷을 가져오라는 사람, 옷도 옷 같지 않은 옷을 맡겨 놓고 백화점에서 구입했느니, 보지도 듣지도 못한 외제 브랜드를 들먹이며 불난 집에 부채질하는 사람들도 있었다. 도와 달라고 사정을 해도 대책이 없는 사람들에게는 세탁물 분실 규정에 정해 놓은 세탁비의 20배를 내어 주기도 했다. 주인은 이번 일로 인생 경험 많이 한다며 허탈해 하기도 했다. 부녀회원들의 이웃돕기는 상가 번영회와 경로당에도 소문이 쫙 퍼져 너나없이 도움의 손길이 줄을 이었다. 세탁물 한 점씩 더 맡기기 캠페인으로 전보다 세탁물이 두 배로 늘어나 세탁소 주인의 얼굴에는 서서히 생기가 돌았다. 흥얼흥얼 콧노래까지 부르며 바쁘게 일하는 그를 보면서 도둑사건은 먼 옛날이야기로만 느껴졌다.

한 달 쯤 지났을까. 세탁소에서 전화가 왔다. 그가 잠시 만나고 싶다고 했다. 세탁소 문을 열고 들어서는데 아저씨는 내 손을 잡고는 고맙다며 눈물을 글썽이었다. 그리고 봉투 하나를 내 주머니에 밀어 넣고는 어디론가 사라졌다. 옷값으로 받은 봉투 안의 돈은 생각보다 많았다. 나는 그 자리에서 잠시 생각에 잠겼다. 이것을 받지 않으면 그는 나한테 늘 빚진 마음에 불편해 할 것이고, 국거리 한 근이면 식구대로 먹을 수 있겠지, 생각하며 식육점으로 달려갔다.

"국거리 한 근 주세요."

국거리를 받아 들고 세탁소로 돌아왔다. 다행히 그의 모습은 아직 보이지 않았다. 국거리를 살짝 탁자 위에 올려놓고 세탁소를 황급히 빠져 나왔다.

그 후, 주민에게 들은 이야기로 세탁소 주인은 도둑맞은 세탁물 보상해 줄 돈을 친척한테 빌렸는데 거의 다 갚아 간다고 한다. 세월이 흐른 지금도 그는 나만 보면

"국거리 회장님이 갖다 놓으셨지요?"

나는 여전히 웃으며 손사래를 친다. 절망의 긴 터널을 지나 온 그에게서 오늘은 희망을 느껴본다.

빛과 소금

비탈진 음지에 빛이 되어 주신 동네 어르신이 한 지붕 아파트에 사신다. 이른 아침이면 복도에서 왔다갔다 하며 운동을 하신다. 인생의 황금기를 지역봉사로 세월을 보내신 분이다. 날이 갈수록 수척해 가는 그를 바라보니 마음이 짠하다.

그를 처음 만난 건 아파트 부녀회장을 맡고 있었던 시기였다. 당시 동네 자치위원회 고문이셨던 어르신은 맏아들의 갑작스런 죽음으로 많이 상심해 계셨다. 나는 회원들과 위안 방문을 갔다. 그날 이후로 인연이 되어 여러 부류의 봉사 활동에 동참하게 되었다. 사람들의 봉사기준도 다양했다. 남에게 보이기 위해 봉사를 하는 사람이 있는가 하면, 더러는 상업성과 정치성을 띠고 봉사하는 사람들도 있었다. 내가 본 어르신은 대가를 바라지 않는 순수 봉사 그 자체였다.

빛 한 줌 들지 않는 어두운 곳을 직접 방문하여 불우한 이웃과 아픔을 함께 나누었다. 배고픈 사람들을 위한 무료급식에도 참가하여 봉사자를 격려하고, 그들과 한 끼의 식사지만 함께 나누었다. 배고픔보다 더 참기 힘든 것이 외로움이라며 바쁜 와중에도 장시간을 말동무로 자리를 떠나지 않으셨다. 집으로 돌아오는 어르신의 주머니에는 늘 동전 몇 닢밖에 남아 있지 않았다. 길을 가다가 배고픈 사람을 만나면 밥을 사주고, 추운 날에 얇은 옷을 입은 청소부를 만나면 서슴없이 외투도 벗어 주셨다.

어느 날, 주민센터가 문을 열기도 전에 아무도 모르게 쌀 포대를 갖다 놓으려다가 새벽 운동을 다녀오던 나에게 딱 들켰다.

"고문님, 여기서 뭐 하시는 겁니까?"

무안하신 듯

"누가 쌀 포대를 갖다 놓았네."

변명하기 바쁘시다. 나는 환한 미소를 보내며 굳이 아는 체를 하지 않았다.

어느 겨울밤에 아나바다 바자회를 하여 모은 기금으로 난방이 어려운 독거노인 세대에 연탄을 몰래 넣었다. 물론 고문도 동참

해 주셨다. 깨금발을 걸으며 도둑고양이처럼 살금살금 부엌 한 쪽 귀퉁이에 연탄을 높이 쌓았다. 굳이 환한 대낮을 놔두고 밤에 전달했던 것은 가진 것은 없어도 남에게 신세지는 것을 싫어하고, 민망해 하는 어르신들이기에 그 마음을 헤아려 쥐도 새도 모르게 전달해야 했기 때문이었다. 그러나 어두운 밤에도 보는 눈은 있었는가 보았다. 햇살 고운 봄날에 나는 영문도 모르고 세상에서 하나밖에 없는 '우렁각시상'을 받았다.

설날에 고문에게 새해 인사를 갔다. 한복을 곱게 차려 입은 내 모습이 보기에도 좋았던 모양이다. 허구헌 날 남자도 아닌 것이 선머슴처럼 바지만 입고 다녔으니

'이게 누구고?' 할 만하다.

세배를 올리고 나니 그의 부인이 오색 떡국을 끓여 주셨다. 알록달록 보기 좋은 떡국은 맛도 좋았다. 식사가 끝나고 다과상이 들어왔다. 그는 지갑을 열며 세배는 그냥 받는 게 아니라면서 만 원짜리 지폐 한 장을 절값으로 주셨다.

"고문님, 새해 덕담도 한말씀 해 주십시오."

말이 채 끝나기도 전에

"자네는 지역사회에 소금 같은 사람일세.

부디 그 마음 변치 말고 이웃을 돌아보며 살기 바라네."

건넛방에서 종이와 펜 한 자루를 가지고 오셨다. 백지 위로 붓펜이 미끄러진다. '빛과 소금' 이란 글귀가 용지 안에서 엄숙하다. 그에게 과분한 선물을 받는 자신의 손이 바르르 떨린다. 옆에 지켜보시던 부인도 어깨를 토닥거려 주시며

"처음처럼, 지금처럼만 살면 좋은 날 있을 걸세."

부인이 안내하는 그의 서재를 보는 순간, 입이 딱 벌어졌다. 서재 장식장은 첩첩이 쌓인 상패들로 빈 공간이 없었다. 사십여 년 간 봉사활동의 흔적들이 고스란히 남아있었다. 그의 젊은 날의 행적도 한눈에 들어왔다. 서재를 나오는 마음이 조금은 무거웠다. 당신이 봉사하고 살아온 삶을 나에게도 은근히 바라시는 것 같았다.

집으로 돌아와 그의 선물을 펴 본다. 장롱에 묻어 둘 문구가 아니다. 자주 보아야 실천도 행동도 할 수 있겠다 싶어 사용하는 카페의 닉네임으로 등록했다. 빛과 소금. 입가에 나도 모르게 흡족한 미소가 번졌다.

복도를 서성이던 어르신도 나를 보셨는지 손을 흔든다. 가까이 다가가니 쑥스러운 듯 짚고 있던 지팡이를 등 뒤로 감추신다. 얼마간 못 뵌 사이에 건강이 더 안 좋아 지신 것 같다. 따끈한 차 한 잔 하고 가라고 하신다. 녹차 향이 은은하게 가슴에 녹아든

다. 그는 뜬금없이

"자네는 내가 저 세상 가면 국화꽃 한 송이 가지고 올 수 있겠나?"

뜻밖의 질문에 당혹스럽다. 며칠 전에 친한 벗 한 분이 고인이 되었다며 이 나이가 되고 보니 남의 일 같지 않다고 하신다. 찻잔을 내려놓는 고문의 메마른 손등이 가슴에 얹힌다. 가실 날이 임박해 옴을 느낀다. 그가 마냥 우리 곁에 있을 거라고 생각했었다. 어디 한 군데 성한 곳이 없어 보이는 고문님의 얼굴엔 어두운 그림자가 드리워져 있다.

이제 나는 어르신이 먼저 간 친구 생각에서 벗어날 때까지 힘이 되어드리려 한다. 식탁 위, 계란 앞에 놓인 소금 한 줌이 형광등 불빛에 반짝인다. 껍질을 벗기고, 그 위에 소금을 살살 뿌려 어르신께 건넨다. 건강을 비는 내 마음과 함께.

계란을 받아드는 그의 눈가에 이슬이 맺힌다. 나는 애써 외면하며 어르신과 함께 봉사활동을 하며 행복했던 그 시절로 분위기를 바꾸어 본다.

"고문님, 연탄구멍이 몇 개인지 아시는지요? 모르시면 내일까지 숙제입니다."

3부
똥통 이야기

똥통 이야기

여수 엑스포 박람회에 갔을 때의 일이다. 관람장 근처 화장실 입구에 사람들이 길게 줄을 지어 서 있었다. 주위를 둘러보는 시야 속으로 '여성이 행복한 화장실' 이란 슬로건이 눈에 들어왔다.

여성이라면 누구나 장거리 여행할 때 화장실 볼일이 가장 큰 일이다. 신체적 특성이나 어린아이 동반 등으로 여성은 남성보다 화장실 사용 시간이 두 배 이상 걸린다. 이를 감안하여 엑스포 추진위에서는 여성의 좌변기 개수를 두 배쯤 늘려서 여성 관광객들에게 호평을 받았다. 뿐만 아니었다. 화장실 칸마다 에어컨을 설치하여 한여름임에도 시원하게 볼일을 볼 수 있었다. 호사도 그런 호사가 없었다. 내 앞의 관광객은 입이 귀에까지 걸려서 '우리 방보다 더 깨끗하고 시원하다.' 며 즐거운 비명을 질렀다. 그 모습을 보며 나는 잊고 있었던 시댁 시골집의 뒷간을 떠올렸다.

시집간 첫 해의 그믐날 저녁이었다. 구정을 쇠기 위해 부엌에서 음식을 준비하다 뒷간(화장실)에 가게 되었다. 흙담으로 층을 올려 만든, 뒷간이라기 보다는 차라리 똥통이었다. 결혼 당시 도회지에서 시집 온 며느리를 위해 뒷간을 손보자는 얘기가 있었으나 어머님의 반대로 무산되었다고 했다. 어머님은 뒷간에 대해 경외감을 갖고 있었다. 예부터 뒷간에 함부로 손을 대면 집안에 우환이 온다는 말이 있어 며느리가 뒷간 출입을 불편해 하는 것을 모른 척 한 것이었다.

우려하던 일이 벌어졌다. 조심조심 흙담에 올라서는 순간 발을 헛디뎌 흙담이 와르르 무너지고 말았다. 나는 하마터면 똥통 위에 걸쳐져 있는 막대기 2개와 함께 똥통으로 빠질 뻔 했다. 황당하고 난감했다. 내일이면 설날이라 제사를 지낸 재관들이 뒷간 출입을 해야 할 텐데 어찌하면 좋단 말인가. 비명 소리에 달려 나온 어머님은 뒷간이 폭삭 내려앉아 흔적도 없이 사라진 것을 보고는 기가 찬 듯이

"살다 살다 뒷간 부숴 먹는 며느리는 처음 본다."

고 하며 혀를 찼다. 아버님도 따라 나와 어찌할 바를 몰라 쩔

쩔매는 며느리를 보며

"새사람(며느리) 보기 전에 뒷간을 단단하게 손을 봐 두자니까."

하며 괜찮다고 했다.

보수 공사는 그 밤으로 끝내야 했다. 나는 플래시를 들고 흙과 반죽하여 올려 세울 돌멩이를 주워 모으고 아버님은 설렁설렁 노련한 솜씨를 발휘하여 전보다 더 탄탄한 뒷간 수리 작업을 마무리했다.

"내일 아침에 흙이 굳어지면 살살 올라가 보거라."

집안에서 가장 덩치 큰 며느리가 올라가서 탈이 없으면 내일 제사 지내는 김에 한 상 차려 놓고 고사라도 지낼 판이었다. 그러나 나는 두 번 다시 흙담 뒷간에는 가고 싶지 않았다. 볼일이 급할 때는 요리조리 오줌자리 찾는 강아지마냥 헤매다가 남새밭으로 달려가 노상 방뇨를 했다. 눈치챈 어머님이 광에 들어가서 동양화가 그려진 사기 요강을 들고 나왔다. 내가 부끄러워

"요강이네요."

했더니 어머님은

"요강인 줄은 아네."

하며 어느 외국 며느리를 들인 집안에서 일어난 이야기를 해주었다.

농촌에 시집온 며느리가 농사일을 마치고 들어온 가족들의 저녁 식탁에 어디에서 찾아냈는지 사기 요강을 고려청자인 양 들꽃까지 꽂아서 식탁 중앙에 모셔 놓았더라고 했다. 어머님과 나는 박장대소를 했다.

화장실은 그 나라의 문화를 가늠하는 척도라고 한다. 재래식 뒷간에 의존하던 우리나라의 화장실이 서구형으로 바뀐 것은 88올림픽 때부터일 것이다. 요즘은 여행길에 각 지방의 화장실을 두루 사용해 보면 나름대로 내 고장의 특색을 살려서 지은 곳이 많다. 춘천시에서 주관한 '아름다운 화장실 공모전' 에서 수상한 '헨젤과 그레텔 화장실' 은 마치 동화 속 꿈나라로 들어가는 듯 했다. 벽면을 알록달록한 과자와 사탕으로 장식하고 어린 시절에 듣던 동요도 흘러 나와 용변 볼 때 긴장 완화에도 효과를 준다고 했다. 이제 화장실은 배설을 하는 곳만이 아닌 인간을 위한 공간으로 진화할 것이라 한다. 건강을 진단하는 작은 병원 기능을 갖추어 소변을 보고 난 후 좌변기 안의 센서를 통해 박테리아 및 당 수치를 점검 할 수 있도록 시행 준비 단계에 있다고도 한다.

에어컨까지 설치된 화장실에 앉아 새댁 시절 똥통 부숴 먹은 사건을 떠올리니 감회가 새롭다. 부서진 뒷간에는 에어컨 대신 어머님의 깊은 경외감이 있었다. 시집오자마자 똥통까지 부숴 먹는 조심성 없는 며느리에게 요강을 챙겨주는 어머님의 사랑과 배려가 있었다. 요즘도 한번씩 시골집 뒷간 알전구의 희미한 불빛이 그리울 때가 있다.

새벽을 여는 사람들

새벽 5시, 희미한 어둠을 뚫고 서서히 새벽이 밝아 오고 있다. 새벽시장이다. 상인들은 판매할 물건을 진열하느라고 분주하다. 달성공원 새벽시장은 10여 년 전, 상인들이 하나 둘 모여 자연스럽게 형성된 시장이다. 새벽 5시부터 9시까지 '반짝' 장이 선다고 하여 '반짝시장' 이라고도 한다. 7시쯤이면 상인들과 달성공원으로 운동 나온 사람들로 인산인해를 이룬다.

작은 손수레를 끌고 장을 보러 나온 사람들의 흥정하는 소리와 마수걸이로 첫 손님을 맞이하려는 상인들의 외침 소리에 어느새 차도는 인도로 바뀌고 있다. 배드민턴 라켓을 든 일행에 밀려 달성공원으로 들어간다. 공원의 푸른 잔디 밭 너머로 아침 햇살이 번지고 있다. 공원 둑길을 한 바퀴 돌아보려고 언덕배기를 올라가니 삼삼오오 어르신들이 벤치에 앉아 정담을 나누고 계신다. 나이가 들면 잠도 없어지나 보다.

지저귀는 새소리를 뒤로 하고 장보기를 하러 붐비는 인파 속으로 들어간다. 새벽시장에서는 빈부의 격차는 거의 볼 수 없다. 상인들의 잠을 설친 얼굴은 피곤해 보인다. 장을 보는 사람들도 남녀노소 없이 잠에서 깨어 바로 나왔는지 부스스한 모습들이 태반이다. 구두 신은 사람은 거의 보이지 않고, 화장한 여자의 모습도 흔하지 않다. 치장하지 않은 새벽의 모습처럼.

즉석에서 버무린 맛깔스런 총각김치를 시식하고 지갑을 열었다. 옆 좌석에서 두부 파는 할머니가 맛보고 사 가라며 붙잡는다. 출출한 참에 꼬치어묵을 먹고 있는데 자꾸만 동동주 잔술 파는 옆자리에 눈길이 갔다. 둥그런 소쿠리에 부추전을 구워 놓고 술 한 잔을 천 원에 팔고 있다. 아침 일찍 술이 넘어 가는지는 모를 일이긴 하지만 은근히 구미가 당겼다. 그곳을 빤히 쳐다보고 있는데 중년의 남자가 한 잔 하라고 손짓을 했다. 서너 시간 돌아다닌 탓에 갈증도 났다. 얼음을 띄운 동동주 한 잔을 한숨에 쭈욱 들이켰다. 따끈한 부침개는 공짜였다. 부추와 김치를 두루 섞어 미리 구워 놓은 부침개는 손님이 달라고 하지 않아도 항상 푸짐하게 준비되어 있다. 매운 고추가 드문드문 섞여 있어 간혹 입안에 불을 지른다. 발을 동동 구르다가 동동주 한 사발을 더 퍼 마신다. 주인은 손님에게 계산을 하려고 하지 않고 손님도 굳이 마신 술값을 주인에게 주려고 하지 않는다. 그저 술값 삼아 천 원짜리 한 장씩을 탁자 위에 놓고 간다.

술을 마시는 사람들은 대체로 상인들이 많다. 새벽에 나오다 보니 거의 식사를 못 하고 온다고 했다. 서너 시간을 장사한다고 이리저리 뛰어다니다 보면 목도 마르고, 배도 고프고, 동동주 몇 잔이면 허기도 면하게 되니 파장 때 힘도 덜 든다고 했다. 면도를 하지 않은 턱에 밤송이처럼 까칠한 수염이 지저분하기도 했지만 소탈해 보였다. 벌써 떨이를 외치는 상인들의 목소리와 흥정하는 사람들의 구수한 입담이 귓가에 들려온다. 저렴한 가격에 덤까지 얹어 주는 새벽시장은 대형마트에서는 느낄 수 없는 훈훈한 사람 냄새가 물씬 풍겼다.

붐비던 사람들이 서서히 제자리로 돌아가고, 언제 그랬냐는 듯이 인도였던 시장 길이 원래의 차도로 바뀌고 있다. 새벽시장에는 정말 부지런하게 삶을 이어 나가는 새벽을 여는 사람들이 있다. 집에서 콩나물을 직접 키워 팔아서 손자들 용돈 준다는 할머니의 투박한 손도 보았다.

대구시에서 해마다 추진하는 전통시장 살리기의 일환으로 추석맞이 장보기가 다가온다. 올 추석에는 재래시장에서 장바구니를 채워 볼까나. 재래시장이 살아야 경제도 살지 않을까 생각해 본다. 새벽시장에서 돌아와 늦잠에 뒤척이고 있는 식구들의 단잠을 깨운다. 밥솥에서 김이 모락모락 오른다. 밥상 위에 총각김치가 입 안에서 유난히 아삭거린다.

감자

시댁으로 가는 길에는 감자꽃이 소금을 뿌려 놓은 듯하다. 감자는 씨를 뿌리지 않고 감자 자체를 종자로 쓴다. 감자 눈이 있는 곳을 부분적으로 잘라서 덩이를 밭에 묻는다. 감자 순이 자라서 줄기가 뻗어 밭고랑이 보이지 않을 쯤이면 감자꽃이 핀다. 이 시기에 땅속에서도 뿌리가 뻗어나 감자가 달린다. '시골 어머님의 텃밭에도 감자꽃이 피었겠지?' 생각하며 자동차 페달을 신나게 밟는다.

어머님은 도회지에 사는 며느리에게 손수 가꾸어 놓은 텃밭을 자랑하고 싶어 하신다. 조석으로 신발이 닳도록 들락날락한 모습을 굳이 보지 않아도 텃밭에서 역력하다. 윤기 나는 푸성귀와 잡초 없는 훤한 밭고랑이 말해준다. 시골집에 내려오면 육류나 생선은 흔하지 않지만 야채는 푸짐하다. 올 때 시장을 보아 온 간갈치 몇 토막과 텃밭의 싱싱한 채소로 소탈한 밥상이 차려진다.

논에 물을 대기 시작했나 보다. 저녁상을 물리고 동구 밖으로 나왔다. 어디선가 이름 모를 새들의 울음소리가 쉴 자리를 찾나 보다. 시골집 기와지붕 위에 걸린 보름달이 유난히 크고 밝다. 달빛에 비친 어머님의 텃밭에 감자꽃이 보얗게 웃는다.

새댁 시절, 갓 시집온 나는 부엌일을 하다가 실수로 손에 화상을 입었다. 늦은 저녁이라 병원도 멀리 있고 발만 동동 구르고 있었다. 밭에서 돌아오신 어머님은 이 광경을 보시고 다시 텃밭으로 뛰어 가셨다. 잠시 후, 어머님 손에는 울퉁불퉁 못생긴 흙 묻은 돼지감자 몇 알이 들려 있었다. 어머님은 민간요법으로 감자를 씻어 강판에 쓱쓱 갈아 가제 위에 감자전분을 올려 화상 입은 나의 손을 휘휘 감았다. 감자전분의 차가운 성분이 화독을 빨아낸다고 하셨다. 희한하게도 쓰리고 아리던 통증이 서서히 가라앉았다. 모내기철도 다가오는데 집안일이나마 조금 도우려고 했던 것이 오히려 걱정만 끼친 꼴이 되었다. 발도 아닌 손을 다쳤으니 내가 그나마 할 수 있는 가사 일도 물에 손을 넣지 못하니 할 수가 없었다.

새벽녘에 손이 욱신거려 잠에서 깨었다. 달빛 어스름한 대청마루에서 어머님이 강판에 감자를 갈고 계셨다. 순간 마음이 울컥했다.

"많이 아프제."

어머님은 내 팔을 슬쩍 당겨 약효가 떨어지기 전에 새 가제로 갈아야 통증이 가신다고 하시며 긴 하품을 하셨다. 전날의 농사일로 피곤하셨을 텐데 며느리 걱정에 밤새 잠을 설친 모양이었다.

감자는 페루와 볼리비아에 걸쳐 있는 안데스산맥이 그 원산지다. 16세기에 유럽으로 건너 온 뒤, 18세기 말에 유럽 전 지역으로 퍼졌다. 돼지감자는 프랑스에서는 '땅의 사과' 라고 불리기도 했으며 아메리칸 인디언의 식량이기도 했다. 당뇨나 성인병에 좋다고 하여 진액을 내어 복용하기도 한다. 노란 감자꽃의 생김새는 조금 작기는 하나 해바라기 꽃을 많이 닮았다. 다른 말로 '뚱딴지 꽃' 이라고도 한다.

예쁜 꽃과는 달리 그 뿌리는 돼지 코처럼 못 생긴 감자가 달려 있다고 해서 돼지감자라고 한다. 돼지 인물 보고 잡아 먹는 게 아니듯이 돼지감자의 탁월한 약효도 오랜 세월 사람들의 사랑을 받아 왔음은 당연하다. 말려서 한방 재료로도 많이 사용하고 있다. 유전공학의 발달로 요즘은 '토감'을 개발했다고 하는데 감자꽃에는 토마토가 달리고 뿌리에는 감자가 달린다고 한다.

시골집 동창에 햇살이 퍼진다. 쌀을 씻어 손등으로 밥물을 맞춘다. 시골에 내려오면 되살아나는 습관이다. 새내기 시절에 식구가 많았을 때는 쌀의 양이 많아 밥물의 조절이 어려웠다. 나는 곧 잘 삼층밥을 만들기 일쑤였는데 어머님은 한결같이 차진 밥을 지으셨다. 보이지 않는 땅속의 감자알이 굵어 졌는지 경험과 연륜으로 알듯이 슬쩍 손등으로 물 조절을 하셨는데도 밥맛은 변함이 없었다.

소쿠리를 들고 어머님을 따라 텃밭으로 간다. 상추 한 움큼을 뜯고 부추, 아욱도 소쿠리에 담는다. 고춧대에 고추가 주렁주렁 달려 탐스러워 따기가 아깝다. 그런데 어머님은 아까부터 밭 한쪽에서 감자꽃을 따고 계신다. 감자꽃을 반찬해서 먹을 것은 아닌 것 같고, 의아해 하는 나에게 꽃을 따 주어야 밑이 실하다고 하신다. 나는 땅속 사정이 궁금해서 견딜 수가 없었다. 호기심에 감자가 달렸는지 한 포기 쑥 뽑아본다. 작은 감자알이 주르륵 딸려 나왔다. 어머님는 성급한 나를 보고 감자알이 차면 땅이 갈라진다며 아직 수확하기에는 좀 이르다고 하신다. 밭농사도 자식농사와 다를 게 없어 때를 기다릴 줄 알아야 된다며 흙 묻은 손을 비벼 터신다. 어머니는 연륜으로 땅속에서 무슨 일이 일어나고 있는지 땅과 소통이라도 하고 계신 듯했다.

푸성귀 한 소쿠리를 들고 대문을 들어서니 밥솥에서 김이 무럭무럭 시장기를 부추긴다. 냄비에 된장을 풀어 갓 뽑아 온 채소를 씻어 숭숭 썰어 넣는다. 야채를 비운 소쿠리를 드는데 아까 내가 뽑았던 감자알이 구슬처럼 구른다. 감자조림을 하기에는 양이 적고

"에라 모르겠다."

냄비 뚜껑을 열고 통째로 집어넣는다.

아침 밥상에 가족이 둘러앉았다. 혼자 알고 먹는 찌개 속의 감자 맛이 일품이다. 조금은 설익은 냄비 안의 감자알을 건지려고 애를 쓴다. 찌개에 감자도 들었다고 주방장이 말하지 않았으니 냄비 바닥에 알감자가 깔려 있는 줄은 아무도 모른다.

그런데 옆에 있던 눈치 없는 남편이 감자를 건져 올린다.

"어! 감자가 있네."

내가 몰래 먹은 감자보다 큰 왕건이 알감자가 남편 입으로 들어간다. 그 순간을 부러운 듯 쳐다본다. 냄비 안을 아무리 휘저어 보아도 더 이상 감자는 보이지 않는다.

나더러 어떡하라고

엘리베이터 앞이다. 문이 열리자 꽉 찬 사람들로 빈 공간이 별로 없다. 탈까 말까 망설이다가 포기하고 다음을 기다린다. 내가 타면 경보음이 울릴 것 같아서이다. 70킬로를 육박하는 큰 몸으로 살다 보니 웃지 못할 해프닝이 한두 개가 아니다.

지인이 입원을 했다고 하여 병문안을 갔을 때다. 엘리베이터 앞에는 꽤 많은 사람들이 기다리고 있었다. 타고 보니 딱 중간에 끼었다. 정원초과였는지 경보음이 울렸다. 당연히 뒤에 밀고 들어 온 사람이 내려야 하건만 자기들은 내리지 않고 다들 미리 탄 나를 힐끔힐끔 쳐다본다. 중간에 끼어 있는 나더러 어떡하라고.

제주도 여행 때였다. 승마를 하려고 말을 고르는데 멋진 백마가 한눈에 들어왔다. 안장에 오르려는데 안내원이 하는 말이 가관이었다. 말이 좀 느리게 가더라도 이해를 하라고 했다. 이유인즉, 사람도 무거운 짐을 지면 빨리 가지 못하지 않느냐는 것이었다. 옆에 있던 일행이 웃음을 터트렸다. 안내원은 차라리 튼튼한 흑마가 있으니 그 녀석을 타라고 하면서 손님에게는 흑마가 더 잘 어울릴 것 같다며 나의 표정을 살폈다. 그러나 나는 말이 힘들어 하면 한 바퀴만 돌고 내리겠다고 하면서 굳이 백마를 타겠다고 고집했다. 아니나 다를까. 안내원이 우려했던 일이 벌어지고 말았다. 출발점을 조금 지나자 백마는 지정된 코스를 이탈하더니 갈대가 무성한 숲속으로 들어가 생똥을 싸는 게 아닌가. 볼일을 다 봤으면 정 코스로 가면 될 일인데 큰 눈망울만 껌뻑껌뻑 굴리고 서서 요지부동이었다. 벌써 나보다 말을 늦게 탄 일행들도 본 코스를 세 번 돌아 골인 지점에 도착하고 있었다. 지켜보던 안내원은 나의 처분만 기다리는 눈치였다. 한 바퀴도 못 돌고 뛰어 보지도 못했구만. 나더러 어떡하라고.

가족끼리 차 한 대를 이용할 때는 인원초과가 되기도 한다. 그럴 때마다 뒷좌석에 반쪽 엉덩이만 걸친 사람에게 미안하기도 하다. 하지만 안전벨트를 당기는 순간 내심 좋아서 쾌재를 부른다. 뒤에 탄 일행이 조수석에 편하게 앉은 나에게 큰 사람이 나쁘지만은 않다며 부러운 듯 쳐다본다. 그러면 나는 변죽 좋게 벨트에 묶여 옴짝달싹도 못 한다고 엄살을 떤다.

뷔페가 나올 때는 과하게 억울하다. 식당 입구에 음식을 남기면 이천 원 벌금이라는 문구가 붙어 있다. 생각 없이 음식을 갖고 와서는 다 먹지도 않고 버려지는 음식물을 줄이려는 생각에서 나온 식당 측의 대안일 게다. 나름대로 음식을 몇 가지만 먹고 일어나려는데, 옆자리에 앉은 S라인이 옷자락을 잡는다. 가져 온 음식이 좀 많으니 도와 달라는 것이었다. 나는 배를 만지며 손사래를 쳤다. 접시 위에 덩그러니 남은 꼬꼬튀김과 돼지족발을 뒤로하고 식당을 벗어나려는데 주인이 내게 대뜸 하는 말,

"벌금 이천 원 주고 가이소."

뒤따라 온 음식 남긴 S라인이 멀뚱멀뚱 나를 쳐다본다. 나더러 어떡하라고.

얼마 전, 친목 계모임을 가려고 여러 명이 택시를 탔다. 자가용이든 영업용이든 탑승 인원이 네 명 이상이면 무조건 운전석 옆자리는 내 차지다. 한 번은 소형차의 조수석에 탔는데 운전석과 조수석의 간격이 너무 좁아 내 안전벨트를 운전석에 꽂아서 일행들이 배꼽을 잡은 적도 있다.

목적지가 눈앞이다. 택시요금은 장거리라 거금이다. 뒤에서 누군가 차비를 내가 낼까? 하더니만 운동화 끈을 매는 건지 기척이 없다. 조수석을 차지한 내가 얼른 지갑을 열어 비싼 좌석비로 세종대왕 지폐 두 장이 나간다. 퇴계 선생이 그려진 거스름돈을 받으며 안전벨트를 푼다.

모임은 여자들의 수다로 먹은 음식이 소화가 다 되어갈 무렵에야 자리를 털고 일어난다. 올 때 같이 왔던 일행들이 또 택시를 함께 탔다. 나는 역시 조수석이다. 차비를 내든 말든 우선은 입이 함지박이다. 주절주절 차 내가 분주하다. 옛말에 여자 셋만 모이면 접시가 깨진다고 했던가. 아줌마들의 수다가 목적지가 코앞인데도 끝나지를 않는다. 이번엔 뒷좌석의 일행이 오만 원짜리 신사임당 지폐를 차비로 낸다. 운전기사는 우아한 신사임당이 부담스러웠던지 만 원짜리 세종대왕을 자꾸 찾는다. 잠시 침묵이 흐른다. 기사는 뒷자리보다는 옆자리가 만만한지 나를 힐끔 쳐다본다. 나더러 어떡하라고, 올 때도 내가 냈구만.

쌈밥

아침부터 전화벨 소리가 요란하다. 친목 모임에서 점심때 쌈밥 먹으러 가자고 한다. 청도 가는 길목, 대림생수 주차장에는 물통을 들고 생수를 받으려는 사람들로 북적거린다. 매년 장 담는 시기가 오면 줄을 서기도 하는데 이곳의 물이 좋아 장맛이 일품이다. 식당으로 들어가기 전에 주위에 쭉 늘어선 채소 파는 좌판을 둘러보는 것도 재미가 쏠쏠하다. 인근 사람들이 밭에서 키운 싱싱한 푸성귀들을 뽑아와서 내다 파는 가게들이다. 수건을 두른 할머니가 흙 묻은 손으로 갓 뽑아 온 대파를 짚으로 묶고 있다.

뒷골목에는 마음 후덕한 식당 주인이 쌈밥집을 한다. 텃밭에서 직접 가꾼 채소로 상을 차리는데 쌈의 종류가 무려 열 가지가 넘는다. 이탈리아의 유명 식당에서는 채소를 1km 이내의 거리에서 배달해온다고 홍보한다지만 이 집은 식당 바로 뒤에 텃밭이 있으니 야채의 신선도는 말할 것도 없다.

쌈의 역사는 조선시대 이후로 거슬러 올라간다. 용기가 발달되지 않은 시기에 단기적으로 음식을 보관하거나 외출할 때 편하도록 쌈밥을 만들어 먹었다고 한다. 그 옛날 시골집에서는 묵은 나물이나 배추김치에 밥을 싸서 한 입 먹고는 '열 섬' 이라고 부르고 두 입 먹고는 '스무 섬' 이라 불렀다. 이것을 '풍년벌기' 라 하였는데 쌈의 모양이 곡식이 담겨진 섬과 같아서 이를 모방한 것이라고 한다. 정월대보름이면 주로 나물에 밥을 싸서 먹는데 이것을 '복쌈' 이라고 했다. 복을 싸서 먹는다는 뜻으로 소박한 가운데에서도 그 나름의 기원을 담은 음식이다.

쌈의 종류도 다양하다. 상추와 배추는 기본이고 갓, 곰치, 머위, 다시마, 호박잎 등과 구절판의 밀전병도 쌈으로 먹는다. 요즘 개발된 원 할머니의 떡 쌈과 무 쌈은 쌈을 좋아하는 미식가들에게 호평을 받고 있다.

쌈에는 쌈장이 맛을 좌우하기도 한다. 대개 고추장과 된장을 적절히 섞은 막장을 놓고 먹지만 고추장에 다진 쇠고기를 볶아

넣기도 하고 더러는 싱싱한 고동을 다져 쫄깃쫄깃한 맛을 즐기기도 한다. 멸치젓을 걸러 만드는 '별장국물' 이란 쌈장도 있다.

그러나 쌈에는 뭐니 뭐니 해도 상추쌈이 으뜸이다. 상추쌈은 우리 민족의 서민식을 대표하는 음식이다. 그 어느 나라보다 상추쌈을 좋아하는 건 우리 민족일 것이다. 세계 어디를 가나 손바닥만 한 땅만 있으면 제일 먼저 심는 게 상추와 들깨가 아닌가 한다. 그중에서도 상추쌈은 멀리 원元나라에서도 인기가 있었다고 한다. 수많은 고려여인이 원나라로 공물로 들어갔을 때, 이들 여인들 가운데에는 기황후奇皇后처럼 성공한 사람도 있었으나 대부분 궁녀나 시녀가 되었다. 그녀들은 이국만리에서 눈물로 세월을 보내야만 했는데 궁중의 뜰에 고려의 상추를 심어 밥을 싸 먹으며 망국亡國의 한을 달랬다고 한다. 이를 눈여겨보다가 상추쌈을 먹어 본 원나라 사람들도 부드러운 그 맛에 반하여 상추쌈을 즐겨 먹었다고 한다.

시어머니와 며느리의 밥상머리에도 쌈을 둘러싼 재미있는 이야기가 등장한다. 시어머니와 마주앉은 며느리는 입을 있는 대로 벌리고 시어머니를 향해 두 눈을 부라리며 쌈밥을 먹었는데 시어머니는 이를 짐짓 모른 척 해 주는 것이 상례였다. 쌈을 입에 넣으려니 입을 크게 벌릴 수밖에 없고, 입을 벌리자니 눈을 부라릴 수밖에. 시어머니와 며느리 사이의 영원한 수수께끼가 쌈을 통해서도 나타나는 것이리라. 속담에도 "눈치 밥 먹는 주제에 상추쌈까지 싸 먹는다."는 말이 있다. 이는 쌈을 싸 먹을 때는 입을 크게 벌리고 눈을 부라리지 않을 수 없어 쌈 먹는 모습이 상대방에게 불편한 심사를 내비치는 모습으로 비추어져 생겨난 속담이라고 한다.

주문한 쌈밥이 식탁 위에 푸짐하다. 뚝배기에서는 된장찌개가 보글보글 끓고 있다. 묵은 된장 맛처럼 오래된 친구의 구수한 입담이 밥상 위에서 웃음꽃을 피운다. 여러 종류의 쌈 잎을 한 움큼 손바닥 위에 모듬한다. 옆에 앉은 친구가 놀라며

"그거 한 입에 다 들어가겠나?"

걱정도 팔자다. 마침 앞자리에는 오래 전에 돈 빌려가서 갚지 않은 친구가 마주 보고 있다. 그 친구를 향해 두 눈을 부라리며 입을 크게 벌린다.

낚시는 아무나 하나

나는 사진 찍기를 좋아한다. 강물이 내려다 보이는 뚝방 길을 걸으며 계절마다 피어나는 각양각색의 들꽃 찍기를 좋아한다.

주말이면 가끔씩 남편과 들길을 찾아 나선다. 내가 사진 찍는 시간에 남편은 설렁설렁 산책을 하곤 한다. 같은 시간에 나름의 취미 생활을 하는 것도 좋을 것 같아 낚시를 하고 싶어 하는 그에게 낚싯대를 사 주었다.

땡볕이 내리쬐는 강가이다. 그늘진 나무 숲속을 찾아 여름 꽃을 카메라에 담는다. 좋아하는 일을 할 때에는 더운 줄도 모른다. 그 시간에 딴 일을 하라고 했으면 더워 죽는다고 난리가 났을 터이다. 촬영을 하다가 낚시 준비에 여념이 없는 남편을 슬쩍 곁눈질을 한다. 수심이 그다지 깊지 않는 낚시터에 벌써 낚시꾼들이 진을 치고 있다. 보기에도 큰 물고기가 있을 것 같지 않다. 사진을 찍으며 남편이 낚시하는 모습을 힐끔힐끔 쳐다본다. 한참을 무엇인가를 만지작거리고 있다. 준비 과정이 만만치 않아 보인다. 얼마가 지나서 드디어 낚싯대를 높이 치켜든다. 그런데 던지자마자 낚싯대가 딸려 들어갈 만큼 줄이 팽팽하다. 남편이 손에 잡은 낚싯대를 휘두르는데도 옴짝달싹도 하지 않는다. 끙끙거리며 안절부절못하는 모습이 주위의 낚시꾼들을 웃음 짓게 한다.

멀리서 지켜보던 나는 무슨 일인가 하여 남편 곁으로 다가간다. 남편은 기다린 듯 나더러 낚싯대를 잡고 있으라고 하더니 양말을 벗고 물속으로 슬금슬금 들어간다. 물이 깊지 않아서 다행이다. 낚시 바늘이 돌 틈에 끼어서 꼼짝을 못 한 모양이다. 나는 그 자리에서 웃음을 터트린다. 제대로 입질도 한 번 못 하면서 큰 고기를 잡아 주겠다던 그의 말이 생각나서이다. 피라미 한 마리도 낚지 못 하고 끝나버렸는데 월척이 웬 말이던가. 가끔씩 물속으로 왔다 갔다 하는 작은 물고기들도 코앞에서 꼬리를 살래살래 흔들며 비아냥거린다. 남편은 멋쩍은 웃음을 흘리며 돌멩이가 물고 있던 낚시 바늘을 거두어 물 밖으로 나온다. 신발을 신으며 대뜸, 낚시도 아무나 하는 게 아닌 모양이라며 비지땀을 수건으로 닦는다.

한여름 땡볕 아래, 낚시 준비하고 거두는 시간을 빼면 그것도 낚시라고 손맛 보는 시간은 너무 짧다. 그래도 강 속으로 들어갈 때에는 조금은 기대도 했을 것이다. 월척이 걸렸는데 낚시 바늘이 부실하여 못 올라오는 것 일 수도 있다고 말이다.

구름 한 점 없는 하늘에 때 이른 고추잠자리가 남편의 머리 위로 왔다 갔다 속을 뒤집는다. 조금 떨어진 옆 자리에서 낚시꾼들도 빙긋이 웃고 있다.

피라미 한 마리 못 잡는 어설픈 솜씨에 몸 큰 마누라는 어찌 낚았는지 모를 일이다.

뚱보 예찬

남편들은 들으시오.

젊을 때는 좋은 시절 어디에서 다 보내고 나이 들어 내게로 왔소. 육십 평 내 밭에 씨앗 하나 뿌렸다고 필요할 때만 당신의 조강지처라 부르지 마소. 마음 늙고 몸 병드니 S라인이 별 볼일 없다고 했는가 보네요. 육십 평 내 방에도 당신 자리는 없는기라요. 육십 평 버겁다고 사십오 평으로 갈 때는 언제이고, 나는 당신이 필요할 때만 쉬어가는 간이역이 아니오.

남편들은 들으시오.

당신 처음 만났을 땐 나도 미스코리아였소. 집에서 밥하고 빨래하고 아가들 키우다 보니 귀엽게 좀 나온 통통배를 가지고 이러쿵저러쿵 웬 말이 그리 많소. 어떤 날은 밥상머리에서 시작도 하지 않은 밥을 그만 먹으라고 밥그릇까지 빼앗아 갔잖소. 서러워 못 살겠소. 밥 먹을 때는 개도 안 건드린다는데, 그러고 보니 개 팔자가 상팔자구려. 이 배가 당신 자식을 안 품었으면 천날만날 당신이 물고 빠는 쟤네들은 어디에서 왔단 말이오. 내 배만 나무라지 말고 당신 모습도 한 번 살펴보시오. 당신 몸도 이제는 예전에 근육질로 다져진 그 몸이 아니잖소.

남편들은 들으시오.

동창회고 북창회고 연말연시 부부동반 모임만 되면 제발 마누라 놔두고 혼자 내빼지 마소. 살 좀 찐 마누라면 어떻소. 우리가 문디요, 전염병 환자요, 모임 단체문자 받고서도 총무가 연락이 있네 없네 속 보이는 소리 작작 하란 말이오. 밖에 걸어 다니는 쭉쭉 빵빵은 그림의 떡일 뿐이라는 것을 알 나이도 되었잖소. 대한민국의 곳곳마다 통 큰 아지매들의 힘으로 돌아간다는 사실을 모르는가 보네요. 또 다시 통 큰 아지매들을 투명인간으로 보다가는 큰 코 다치는기라요.

통 큰 아지매들! 용기를 잃지 마시오. 우리들이 있기에 S라인이 살맛 나고, 더 예뻐 보이는 것이 아니겠소. 이것 또한 아무나 할 수 있는 봉사가 아니란 걸 아셔야 한다니까요. 큰 아지매들!

바꾸지 못한다면 즐기며 살면 되는 거 아니겠소.

남편들은 들으시오.

이 나라의 큰 아지매를 잘 모시고 살기 바라오. 버스 떠난 뒤에 후회하지 말란 말이오. 잘 새겨 들으셨남요?

대문 열렸습니다

횡단보도에서 생긴 일이다. 주민들을 항상 웃게 하는 동네 어르신이 녹색 신호를 기다리고 있다. 인사를 꾸벅하면서 그의 옆에 섰다. 내가 인사하는 것을 못 보았는지

"대문 열렸습니다."

하며 또 한 번 인사를 받으려고 한다.

유머 감각이 뛰어난 어르신은 동네 사람들에게 대문 열렸다고 하면서 인사 안 하는 사람마다 남녀노소 구별 없이 인사를 받아낸다. 한 동네에 살면서 데면데면 못 본 체 살아가는 사람들에게 서로 인사하는 분위기를 만드는 어르신의 지혜다. 모두들 대문이 열린 것이 아닌 줄 알지만 매번 혹시나 하고 속아 넘어간다.

여러 번 속은 사람들은 면역이 생겼지만, 어르신의 말이 거짓인 줄 알면서도 열리지 않은 바지 지퍼를 한 번 더 확인하고 웃으면서 인사를 한다.

그의 주머니에는 항상 사탕이 수북하게 들어있다. 장난기 많은 어르신은 인사 좀 하고 다니라며 너스레를 떨면서 사탕이나 초콜릿을 쥐여준다. 요즈음 어르신의 신조어는

"아직 그 사람하고 삽니까?"

하고 인사를 한다. 처음에는 뜨악해서 놀랐지만 이혼율 높은 이 시대를 겨냥해서 일침을 가하는 말이라 생각하고 웃게 된다. 그는 싱거운 소리로 농담을 하고 나서는 미안한 마음이 드는지 항상 달콤한 사탕으로 입막음을 한다.

횡단보도에 녹색불이 들어왔다. 어르신과 나란히 횡단보도를 건넌다. 그런데 그는 자꾸만 대문 열렸다고 한다. 지나가는 사람들이 나를 힐끔거리며 쳐다본다. 심지어는 흰 속옷을 입지 않았느냐고 한 수 더 뜬다. 은근 슬쩍 화가 치밀어 오른다. 이건 해도 너무 심한 소리가 아닌가 싶어 볼 부은 얼굴을 했다. 불현듯 아침에 입은 속옷이 흰색임을 생각한다.

녹색신호가 깜빡거리더니 적색신호로 바뀐다. 고개를 숙이고 손으로 지퍼를 만져보니 아뿔사! 진짜 대문이 열려 있지 않은가.

귓불까지 홍당무가 된 나의 얼굴을 쳐다보며 어르신은

"진짜 대문 열렸다 카이~"

나는 오늘 늑대 어르신한테 제대로 걸렸다.

탁월한 선택

소치올림픽이 열리던 때의 이야기다. 노트북을 사려고 전자 매장을 찾았다. 자랑스러운 금메달리스트들이 브라운관에서 활짝 웃고 있었다. 매장을 둘러보고 있으려니 직원이 다가와 특가 혜택이 있는 노트북을 소개했다. 이상화 선수의 금메달 획득을 기념하여 30만 원을 지원해 주는 축하 이벤트 행사였다. 구미가 확 당겼다. 한편으로는 내일 있을 김연아 선수의 피겨 경기가 마음에 걸렸다. 하루쯤 기다려 보는 것이 나을라나? 고별 무대라 지원금이 더 많지 않을까? 알량한 갈등과 욕망을 누르고 노트북 구입에 주사위를 던졌다. 물품은 며칠 후에 받기로 하고 집으로 돌아왔다.

밤을 새워 기다리던 새벽 4시가 지났다. '아디오스 노니노' 가 빙판 위에 깔리면서 요정처럼 눈부신 은반의 여왕의 연기가 펼쳐졌다. 온 식구가 김연아의 연기에 흠뻑 빠져들었다. 그것은 분명 금메달감이었다.

그런데 이게 웬일인가. 심사결과는 은메달이었다. 눈을 비벼 보아도 틀림없이 은메달이었다. 온 가족이 충격에 휩싸여 분노하는 사이 나는 가만히 방을 빠져 나왔다. 노트북 만세!

며칠 후 매장에서 노트북을 가져가라는 연락이 왔다. 매장에 가니 직원은 김연아 선수가 금메달을 따면 더 싼 가격으로 노트북을 구입하려고 돌아간 고객들이 한두 사람이 아니라며

"탁월한 선택을 하셨습니다."

라며 추켜세웠다. 나는 속으로 회심의 미소를 지었다. 국가의 명예가 걸린 김연아 선수의 우승이 어찌 하찮은 노트북에 견줄까마는 선택은 기회가 주어졌을 때 해야 하는 것이었다. 기회는 누구에게나 찾아오지만 그 기회를 자신의 것으로 만드는 것은 자신의 선택에 달려있기 때문이다.

노트북을 안고 매장을 나왔다. 산들바람에 실린 이른 봄볕이 오늘따라 상쾌했다. 심사위원의 판정시비와 은메달의 아쉬움은

소시민의 작은 이익 앞에 잠시 힘을 잃었다. 손에 든 노트북이 횡단보도의 녹색신호를 받으며 흔들흔들 춤을 추는 걸 보며 나는 힘찬 걸음으로 길을 건넜다.

거꾸로 보기

헬스장이다. 남녀노소 구분 없이 자신의 건강을 위하여 열심히 몸을 단련한다. 운동하는 모습도 각양각색이다. 허리가 혹사할 만큼 허리 운동에 집중하는 사람이 있는가 하면, 여러 사람이 함께 하는 전신운동으로 율동을 해 가며 헬스 사이클을 타기도 한다. 아름다운 몸 만들기로 옷이 젖도록 땀을 흘린다. 다리 근육운동을 하는 어르신은 몸속으로 기를 불어 넣는지 '으랴 차차차~' 고함을 지르며 주위의 이목에도 아랑곳없다. 나는 그 옆 러닝머신에 몸을 싣고 걸음걸이의 적당한 페이스를 조절하며 차차 속도를 높인다. 땀방울이 시야를 가릴 때쯤에야 스위치를 끄고 내려온다.

4층으로 올라간다. 언제부터인가 거꾸로 서는 운동기구에 취미를 붙인다. 선 자세로 올라타서 발을 고정시키고, 스위치를 누르면 뒤로 기울어져 거꾸로 물구나무서기가 된다. 처음 시도했을 때는 피가 거꾸로 치솟는 듯 하고, 현기증이 나서 주위를 둘러볼 겨를도 없었다. 운동을 올 때마다 조금씩 적응한 탓에 지금은 물구나무를 서서 거꾸로 보이는 사물에 흥미를 가지는 여유까지 부린다. 헬스장이 고층이고, 유리창 가까이에 운동기구가 있다 보니 거꾸로 서면 하늘에 떠다니며 온갖 문양을 만들어 내는 구름들의 마술 쇼는 기본으로 볼 수 있다. 가끔씩은 이름 모를 새들이 어디론가 날아가고, 비 내린 후, 운이 좋은 날에는 아름다운 무지개를 만나기도 한다. 빌딩 숲 아래로 종종걸음 치는 사람들의 모습 속에 팔을 흔들며 횡단보도를 건너는 철이 엄마도 보인다. 하루는 나뭇가지 위로 들락거리며 날갯짓하는 새들과 한참을 노는데 안내원이 다가 와 너무 오래 거꾸로 서 있는 게 아니냐고 걱정을 한다.

거꾸로 보는 것에 대한 시야가 넓어지고, 호기심이 가중되자 또 다른 각도로 보는 풍경은 없는지 생각한다. 대중교통을 이용할 때에는 안 될 일이지만, 자가용으로 나들이 갈 때는 가능한 일이기에 뒷자리에 앉아 옆으로도 앉아 보고, 뒤로도 앉아 본다.

심지어는 누워서 차창 가로 지나가는 사물들도 바라본다.

길가의 가로수에 살짝 가려진 빌딩 숲들이 바로 볼 때는 답답했건만, 누워서 보니 꽤 괜찮은 그림이 되어 시선을 잡는다. 보는 것에도 훈련이 필요한 모양이다. 어제 본 같은 사물도 다시 보면 시시각각 느낌이 다르다. 그날의 기분에 따라 변화하는 부분도 있겠지만, 다양한 날씨가 주는 당시의 환경에 따라 달라지는 느낌을 받는다. 그중에서도 거꾸로 서서 보는 광대한 하늘은 희망을 품기에 충분하고, 바로 보아 잘 난 사람들도 거꾸로 보니 별반 다를 게 없다. 언짢았던 마음도 상대방의 입장이 되어 거꾸로 보면 불편했던 마음들이 사라지고 관대해진다.

오늘도 벅적거리며 숨 가쁜 일상을 줄행랑치듯 뒤로 하고, 헬스장에 도착한다. 안내원이 나더러

"오늘도 거꾸로 서시게요?"

나는 고개를 끄덕이며 수건을 받아든다. 준비운동으로 좌우로 몸을 흔들고, 슬금슬금 거꾸로 서는 기구 위에 몸을 눕힌다. 스위치를 누르고, 작동하는 기구 소음 속에서 잠시 생각에 잠긴다. 하늘에는 어제 날던 새들이 오늘은 어떤 모습일지, 땅 위에도 언젠가 칠렐레 팔렐레 몸을 흔들며 지나 가던 철이 엄마를 또 볼 수 있을지, 일부러 창밖으로 고개를 뒤틀지 않는 한, 거꾸로 서

서 보기 전에는 모를 일이다.

스위치가 멈춘다. 그런데 이 일을 어찌하랴! 하늘 위로 치솟던 새 한 마리가 '푸드득' 똥을 싸고 빠르게 지나간다. 분비물이 바람을 타고 가꾸로 선 내 머리 위로 날아온다. 어찌 바로 보는 세상과 거꾸로 보는 세상이 좋은 일만 있겠는가. 다행히 배설물은 닫힌 유리창에 지저분한 얼룩을 남기고 아래로 쭉 미끄러진다.

운동기구에서 내려와 수건으로 연신 땀을 닦는 나에게 안내원이 그 심정도 모르고

"오늘도 하늘이 참 맑지요?"

나는 대꾸도 하지 않고 쓴 웃음만 짓는다.

"하늘이 맑으면 뭐 하노! 똥 맞을 뻔했구만."

삼만 원

늦가을에 찾은 대둔산 도립공원은 한국 8경의 하나로, 산림과 수석의 아름다움으로 가슴이 뛴다. 대둔산은 전북과 충남의 경계이며 하나의 산을 두고 전라도와 충청도가 도립공원으로 지정했다.

케이블카를 타고 오르는 대둔산의 풍광은 제각기 아름다움을 자랑한다. 활엽수들은 서로 다투어 울긋불긋 색동 단풍을 뽐낸다. 케이블카에서 내리자 '금강현수교' 하늘 다리가 가슴을 탁 트이게 한다. 다리로 발길을 옮기려는데 먼저 정상에 도착한 일행들이 마천대 정상은 경치가 더 좋다고 난리들이다. 통화를 하며 무심히 하늘 다리 밑의 경치를 보려는데 발밑에서 만 원짜리 지폐의 세종대왕이 빙그레 웃고 있다. 순간 주위를 두리번거린다. 갑자기 가슴이 콩닥콩닥 방망이질 한다. 누가 볼까봐 정신이 하나도 없다.

나도 모르게 발로 슬쩍 지폐를 밟는다. 지나가려는 사람들을 먼저 보내고 곁눈질을 하며 슬쩍 줍는다. 반으로 접힌 지폐는 삼만 원이다. 이 상황을 통화 중이던 일행에게 돈 주웠다고 살짝 통보한다. 일행이 얼마냐고 묻기도 전에 나는 내려가면 하산주 한잔 사겠다고 공포한다. 나는 좋아서 손에 쥔 세종대왕에게 뽀뽀 세례를 퍼붓는다. 대왕이 오늘따라 왜 이리 잘 생겨 보이는지 입이 귀에 걸린다.

철재로 만들어진 삼선 계단을 밟았다. 경사진 코스를 지날 때마다 심장이 벌렁거리고 짜릿짜릿 다리에서 경련이 일어난다. 돈을 남 몰래 주운 흥분된 가슴과 산세의 아름다움에 도취되어 마천대에 이르렀다. 일행들은 하산주를 사겠다는 나를 포옹하며 도시락을 푼다.

정상에서 먹는 점심은 꿀맛이다. 형형색색의 단풍들과 만추를 즐기며 이야기꽃을 피운다. 가슴속에 덮인 도회지의 찌든 스트레스를 한 방에 날려 보낸다. '야호 야호' 목이 터져라 외쳐본다. 차가운 산바람을 뒤로 하고 배낭을 챙긴다.

하산길은 촘촘히 늘어 선 기암석이 눈길을 붙잡는다. 버스 앞에 도착하니 시간이 조금 남는다. 인근 동동주 집에서 오징어를 다져 올린 파전이 먹음직스럽다. 삼만 원의 진가를 발휘하는 순간이다. 술잔을 들고 나는

"세종대왕님 사랑합니다."

건배 제의를 한다. 일행들의 웃음소리가 식당 가득 울려 퍼진다.

버스에 오르니 회원들이 하산주 잘 마셨다고 박수를 보낸다. 대구로 돌아오는 길에 휴게소에서 잠시 내린다. 진열된 호두빵을 보니 아들 녀석이 생각난다. 한 봉지 사려고 주머니에 손을 넣는 순간 어딘가 허전하다. 아침에 버스 안에서 오만 원 지폐로 회비를 내고 받은 삼만 원이 없다.

대둔산 하늘 다리에서 주운 삼만 원이 바로 내 돈이란 말인가! 또 한 번 어안이 벙벙해진다. 휴대폰을 꺼내면서 바닥으로 떨어진 모양이다. 자신의 돈을 주우면서 애간장을 태우고, 누가 볼까 봐 발로 지폐를 밟았던 그 순간이 생각나서 쿡쿡 웃음을 터트린다. 기분 나쁘지 않는 삼만 원의 즐거움이 저물어 가는 휴게소에서 서서히 식어 간다.

그곳에 가고 싶다

늦가을, 홀로 여행을 떠난 나는 낭만을 즐기는 행복한 자유인이다. 전남, 영광이다. 바다 위에 7개의 섬이 한 식구처럼 모여 있다고 하여 칠산바다이다. 한때, 우리나라에서는 이곳으로 몰려 든 돛배들이 닻을 내리고 황금조기를 잡아 올리던 곳이기도 하다. 이제 칠산바다는 옛날처럼 북적거리지 않지만 여전히 아름다운 노을빛이 마음을 들뜨게 하는 곳이다.

바다가 보이는, 간판이 아름다운 '노을' 이라는 식당에 들어섰다. 메뉴판에 적혀 있는 간재미 무침회를 주문한다. 간재미는 가오리의 방언이다. 주로 동해에서 많이 잡힌다.

가까이 바다가 보이는 창가에 앉았다. 넘실대는 파도와 모래

위를 한가롭게 거니는 사람들의 모습이 내리쬐는 햇살 아래 반짝이는 금빛 물결과 어우러져 한 폭의 수채화를 보는 듯하다.

4~10월까지 제철인 가오리 무침회가 상 위에 올랐다. 창 너머 고즈넉한 바다의 풍광이 음식 맛을 더해 주는 듯 했다. 오돌오돌 씹히는 소리에 새콤달콤한 맛이 입맛을 확 돋운다. 주인은 바닷물이 들어올 때는 꼭 배에 앉아서 음식을 먹는 것 같은 기분이 들어 스릴과 경치가 장관이라고 한다. 음식 맛의 비법을 물어 보았더니 비밀이라며 함구한다. 문득 대구 어디쯤인가에서 회식당을 하고 있는 욕쟁이 할머니가 떠오른다.

몇 해 전 친구 따라 가 보았던 '가오리 식당' 의 욕쟁이 할머니는 허름한 지붕 밑에서 가오리 무침을 맨손으로 주물럭거리고 있었다. 유난히 가오리 무침을 좋아하는 나를 친구는 그곳으로 안내했다. 문턱이 높지 않아 서민층이 많이 이용하는 곳이기도 했다. 가격대도 저렴했지만 음식 맛 또한 일품으로 소문나 있었다. 그런데 일반 식당에서는 메뉴를 주문하면 주방에서 음식을 마무리하여 식탁에 내는데 비해 그곳은 손님이 보는 앞에서 커다란 양푼에 재료를 넣고 할머니의 투박한 맨손이 들어가 주물럭주물럭 무쳐댔다. 그 모습을 보노라니 음식을 먹고 싶은 마음이 싹 가셨다. 위생장갑도 끼지 않고 음식을 만지는 것도 그랬지만 부수수한 머리에 헐렁한 몸빼바지는 언제 세탁을 했는지는 알 수 없으나 시뻘건 고추장이 말라붙어 딱지가 덕지덕지했다.

그것뿐인가. 무침을 주물럭거리면서 입만 뗐다 하면 듣지도 보지도 못한 욕설을 마구 퍼부어 대니 정신이 하나도 없었다. 아마 그곳 음식 맛의 비법이라면 할머니의 욕설과 말하면서 튕기는 침이 다른 식당에서는 들어갈 수 없는 희귀양념이 되어 소문난 집이 된 모양이었다. 너무나 생소한 분위기에 나는 할머니를 멀뚱멀뚱 쳐다보고 있는데 갑자기 할머니는 고함을 질러댔다. 이유는 당신이 달성공원 원숭이냐며 음식점에 와서 먹지도 않으면서 주문은 왜 했냐는 것이었다. 친구는 당황해 하는 나를 보고 맛만 한번 보라고 눈짓했다. 나는 벌겋게 달아오른 얼굴로 친구에게 고개를 끄덕였다.

알고 보니 할머니는 자신보다 어려운 사람들에게 국수도 끓여 주고 막노동을 하는 일용근로자에게 따뜻한 밥 한 그릇도 아낌없이 내어 주는 사람이었다. 식당 일이 나이에 비해 힘들기도 했겠지만 자식도 없다고 했으니 어쩌면 봉사가 유일한 낙이기도 했을 것이다. 악의 없는 욕설이 할머니에겐 살아 있음을 느끼게 하는 활력소 역할을 하는 듯 보였다.

중턱에 걸린 해가 서서히 기울어 잔잔한 바다 위를 붉게 물들인다. 노을을 바라보니 가슴이 벅차오른다. 노을빛만큼이나 아름다운 욕쟁이 할머니의 마음이 머무는 곳, 정겹고 투박한 손맛이 있는 그곳에 가고 싶다.

용龍 머리

드라마 선덕여왕을 시청하다가 불현듯 경주의 선덕여왕 능이 보고 싶었다. 경주에 도착하니 소슬바람이 마중을 나와 길 안내를 했다. 능은 예전에 보았던 그대로 호젓한 남산 자락에 소나무가 마치 호위병처럼 능을 두르고, 능을 보호하기 위한 2~3단의 자연석축이 얼기설기 단아한 여왕의 무덤을 감싸 안고 있었다. 가족 단체 모임으로 보이는 사람들의 정다운 모습이 시야 속으로 들어왔다. 왕릉 앞에 놓인 비석과 제단은 한 시대를 군림했던 여왕의 업적에 비해 너무 초라하고 왜소해 보였다.

우리나라 역사상 여왕의 흔적을 볼 수 있는 것은 오직 신라시대뿐이다. 신라 최초의 27대 선덕여왕, 28대 진덕여왕, 51대 진성여왕이다. 신라사회에서 여왕이 가능했던 근간의 하나는 '골품제'라는 엄격한 신분제도의 존재에서 찾을 수 있다. 최고 귀족인 왕골과 진골 가운데 특별히 당위 직계가족과 왕궁에 거주하는 자를 '성골'이라 하여 왕위에 오를 수 있는 자격을 주었다. 진평왕과 마야부인 사이에 아들이 없어 장녀인 덕만이 선덕여왕이 되었다.

선덕여왕의 권력은 불교 사찰로 완성되었다. 법흥왕을 비롯한 직계 왕족들은 불교를 부흥하고자 했고 진평왕의 아내 마야의 이름은 석가모니의 어머니와 같으니, 선덕여왕은 바로 부처 본인인 셈이다. 여왕은 자주적이면서도 적절하고 긴밀한 외교와 정치에, 최우선 순위에 뒀던 것 중의 하나가 '복지'였다. 부모 없는 아이, 자식 없는 노인, 혼자 몸으로 살아갈 수 없는 자를 위문하고 보살폈다.

소나무에 가려진 하늘빛이 바람에 흔들리는 솔잎 사이로 유난히 맑아 보였다. 왕릉 앞에 잠시 고개를 숙여 묵념을 올리고 경건한 마음으로 주위를 한 바퀴 돌아보았다. 다른 일행과 동행한 어린 소녀를 바라보면서 나의 어린 시절을 떠올렸다.

아버지는 면사무소 서기였다. 때로는 이웃 사람들의 부탁으로 태어난 아기의 이름을 지어주기도 하는 작명가이기도 했다. 어머니는 시집오자마자 사내아이 둘을 내리 낳으셨다. 아버지는 딸 하나 낳기를 소원했다. 어머니는 나를 가졌을 때 집채만 한 호랑이가 방으로 들어오는 꿈을 꾸어 이번에도 아들이겠구나, 했다. 의외로 딸을 낳아 많이 기뻐하셨다.

아버지는 나의 이름을 지을 때 이름이 쉽게 나오지 않아 많은 고심을 했다. 사내아이로 태어났으면 천하를 다스릴 좋은 사주인데 계집아이에게는 너무 큰 사주라고 하시며 난색을 표했다고 했다. 그런데 내가 태어난 지 얼마 되지 않아 네 살 배기 맏아들이 심장병으로 세상을 떠났다. 아버지는 우려했던 일이 너무 빨리 왔다면서 슬픔을 애써 감추고 딸의 얼굴을 빤히 쳐다보았다. 어머니는 아무 탈 없이 무럭무럭 자라주는 딸아이에게 딸의 옷을 만드는 것으로 위안을 삼으셨다. 애물단지 자식일수도 있는 딸을 위해 이 옷 저 옷 갈아입히고 공주 키우 듯 공을 들였다. 한 땀 한 땀 옷감 위로 바늘이 지나갈 때마다 심장에는 아들에 대한 그리움으로 구멍이 숭숭 났으리라. 눈물 속에 만들어진 옷인 줄도 모르고 철없는 어린 딸은 꼬까옷만 입고 좋아라했다. 어른이 되어 자식을 낳고 그때 어머니의 심정을 헤아려보니 마음이 짠해온다.

어머니의 태몽 탓이었을까. 나는 4남매 중에 성격이 제일 외향적이었다. 집안의 크고 작은 일은 거의 내 손에서 풀려나갔다.

시집에서도 어머님은 맏며느리가 버젓이 있는데도 가끔씩 주도권을 막내며느리인 나에게 은근슬쩍 맡기곤 했다. 사회활동에서도 용 꼬리 보다는 닭 머리의 역할이 많이 주어졌다. 돌이켜보면 어머니는 나에게 큰 기대를 품고 사신 듯했다. 비록 맏자식은 가슴에 묻었지만 딸은 어디에서나 닭 머리가 아닌 용 머리가 되기를 바라셨으리라. 부족한 딸은 기대만큼 기쁨을 드리지 못했다. 호랑이가 방으로 들어 왔으니 어머니의 기대도 엉뚱한 것은 아니겠으나, 노력 없이 어슬렁거리는 호랑이는 어머니의 기대를 채워줄 수가 없었다.

여왕의 무덤 위로 6월의 햇살이 기운다. 천 년이 훨씬 지나간 왕릉 앞에서 여왕의 고독을 느껴본다. 충신은 성군을 만들고 성군은 훌륭한 충신을 만든다는 진리를 되씹어본다. 여왕과 작별인사를 나누고 내려오는 길에 해가 지는 하늘을 바라본다. 닭 머리로 살아온 보잘 것 없는 날들이 용 머리로 다가서려는 가당찮은 포부에 쓴 웃음이 입가로 번진다. 한적한 솔밭길 사이로 산새가 푸드득 환상을 깨우며 날아간다.

양말 한 짝

빨래를 하려고 하니 아들의 양말 한 짝이 보이지 않는다. 찾아보기도 전에 남편에게 아들 방에 가면 분명 양말 한 짝을 신고 있을 것이니 벗겨 오라고 말한다. 남편은 의아해하며 아들의 방문을 연다.

"아들, 양말 한 짝 신고 있나?"

남편의 묻는 말에 아들은 빙그레 웃으며 고개를 끄덕인다. 동시에 부자父子의 웃음소리가 집안 가득 울려 퍼진다. 어떻게 양말을 찾아보지도 않고 신고 있는 것을 아느냐며 웃음을 그치지 않는다.

아들은 무엇을 하다가 급한 일이 생기면 전에 하던 일은 팽개

쳐 버린다. 아마도 양말을 벗다가 휴대폰이 울렸다든지 화장실 볼일이라도 생겼던 모양이다. 급한 일이 끝나면 양말 한 짝을 마저 벗어야 하건만 잊어버리고 다른 일에 몰두하니 자신도 양말 한 짝을 신었는지 벗었는지 알 길이 만무하다. 이런 일이 어찌 아들뿐이겠는가.

어느 날, 나는 심한 독감으로 자리에 누웠다. 따뜻한 유자차를 남편에게 부탁했다. 커피포트를 주방용 주전자로 착각하고 가스렌지에 올렸나 보았다. 옆에 있는 닮은꼴 주방용기로 잘못 보았던 것이다. 남편은 기다려도 물이 빨리 끓지 않자 잠깐 다른 일을 보다가 깜빡했다고 한다. 아무리 기다려도 유자차는 오지 않고, '펑' 하는 소리가 지붕이 날아갈 듯 요란했다. 놀란 마음에 아픈 몸도 아랑곳없이 주방으로 달려갔다. 가스렌지 위로 포트의 파편들이 널브러져 있었다. 주방 전체가 자욱한 연기와 용기 타는 냄새로, 나는 독감에 화생방 훈련까지 겪었다. 황당하여 남편을 노려보며 짜증을 내었더니 하는 말이 가관이었다.

"이게 어디 짜증낼 일인가. 웃을 일이지."

어이가 없어 당신은 짜증낼 일이 도대체 무엇인지 말해 보라고 고함을 질렀다.

세탁물은 세탁기에 넣으라는 부탁에 아들은 전과는 조금 달라졌다. 가끔씩은 세탁도 했다. 그러던 어느 날이었다. 대학생인 아들은 친구와 어울리다가 조금 늦게 집으로 돌아왔다. 대충 씻는 둥 마는 둥 하더니만 잠에 곯아 떨어졌다.

다음날 아침, 아들 방문을 여니 웃지 못 할 광경이 펼쳐졌다. 양말 한 짝은 침대 아래 돌돌 말려 있고, 한 짝은 또 신은 채 자고 있는 게 아닌가. 갑자기 장화 신은 고양이가 생각나 슬며시 웃음이 터져 나왔다. 양말 한 짝 마저 벗을 시간에 나라라도 구했는지 묻고 싶었다.

학교 가는 길에 아들은 차를 타려다가 양말 한 짝을 신지 않았음을 알았나 보다. 아파트 고층까지 올라올 시간도 없었는지 베란다 아래로 양말 한 짝을 던져 달라고 전화를 한다. 그런데 양말이 어디 있는지 도무지 보이지 않는다. 그냥 한 켤레를 던져준다. 바지를 바꿔 입고 나갔으니 바짓가랑이가 양말을 물고 있을 수도 있겠다 싶어 청바지 허리를 잡고 흔들어 본다. 적중했다! 한 짝이 방바닥에 떨어진다. 아들에게 전화를 했다. 양말을 찾았으니 한 짝을 가지고 오라고, 전화를 끊으려는데 수화기기 속으로 다급하게 들려오는 아들의 대답,

"그 한 짝 벌써 쓰레기통에 버렸는데요."

기가 찬다.

"거 참! 버리는 것은 잊지도 않고 빨리도 버렸네."

방바닥에 떨어진 짝 잃은 양말 한 짝을 아쉬운 듯 쳐다본다.

요단강 나룻배

눈을 뜨니 콘크리트 벽이 희미하게 어른거렸다. 아파트 복도 바닥은 온통 선혈자국으로 얼룩져 있었다. 머리가 깨어질 듯 아팠다.

늦은 밤, 집으로 돌아오는 아파트 엘리베이터 안에서 일어난 사고였다. 딩동 하는 소리와 동시에 옷자락이 엘리베이터 문에 끼었다. 옷을 당기다가 복도 계단 밑으로 굴러 떨어졌다. '쿵' 하는 소리와 함께 차가운 기운이 온몸으로 엄습했다.

시간이 얼마나 흘렀을까. 복도 위 유리창 너머로 희뿌옇게 새벽이 밝아오고 있었다. 입은 옷가지가 피에 절어 비릿한 피비린내에 속이 울렁거렸다. 옆에 팽개쳐진 휴대폰 속의 시간을 보니

6시간 동안이나 혼수상태에서 방치된 듯했다. 복도 층간 사이 구석진 자리에 쓰러져 있었기에 늦은 밤 오가는 사람들의 눈에 잘 띄지 않았던 모양이었다. 남편으로부터 부재중 전화가 수십 번 와 있었다. 비몽사몽간에 집으로 전화를 했다. 다급한 남편의 목소리가 들려오면서 나는 다시 정신을 잃었다.

들것에 실려 병원으로 이송되자 곧장 응급처치가 시작되었다. 피에 응고된 옷가지는 피부에 말라붙어 떨어지지 않았다. 옷감 사이로 가위질하는 소리가 귓가에 들려왔다. 기본적인 검사가 끝나자 MRI촬영이 시작되었다. 금속기기 속으로 상반신이 밀려 들어갔다. 꿈속 같은 영상이 뇌리를 스쳐갔다.

칠흑 같은 어둠 속에 불빛이 희미한 넓은 강이 펼쳐졌다. 이승과 저승을 가르는 요단강이었다. 형색이 남루한 사람들이 한 척의 나룻배를 타고 어디론가 가고 있었다. 그 선두에 검은 옷과 모자를 쓴 남자가 나더러 마지막이니 빨리 타라고 손짓을 했다. 나는 급히 나룻배에 올랐다. 그런데 배가 한쪽으로 기울기 시작했다. 70Kg에 육박하는 체중 때문일 터였다. 검은 옷을 입은 남자가 나를 도로 끌어내렸다. 나는 졸지에 배가 떠난 어두운 강가에 홀로 남았다

기기 소음 속에서 희미한 영상이 사라져갔다. 검사가 끝난 모양이었다. 병실로 이동하여 환자복이 입혀졌다. 손등에는 링거 바늘이 꽂혔다. 출혈이 심한 탓에 수혈이 시작되었다. 눈꺼풀이 천 근이었지만 눈을 감기가 두려웠다. 지난밤 어둠과 두려움에 몸서리친 끝도 보이지 않는 강줄기가 눈앞에서 자꾸만 아른거렸다. 나는 손을 들어 물을 찾았다. 혈압이 떨어지고 있는 듯 다시 정신이 혼미해져 왔다.

몇 시간이 지났을까. 웅성거리는 사람들의 목소리가 들려와 눈을 떴다. 생사의 갈림길에서 간호사의 손길이 바빠졌다. 서서히 병실 침대를 둘러싼 사람들의 윤곽이 시야에 들어왔다. 가족들이 옆에서 울먹이고 있었다. 나는 마른 입술을 적시며 아들의 손을 잡고 눈물을 흘렸다. 목소리가 나오지 않아 소리 내어 울 수도 없었다.

시간이 지나 식사를 하면서 회복이 빨라졌다. 혈액 봉지가 몸에서 떨어져 나갔다. 병실을 회진하던 담당의사는 조금만 늦었어도 큰일 날 뻔했다고 하며 쓰러질 때 머리를 움직이지 않아 뇌속에 피가 못 스며들어 다행이었다고 했다. 그러면서 행운의 여신이 당신 편이라 아마도 장수할 거라고도 했다. 침울했던 병실에 웃음소리가 났다. 남편과 잡은 손에서 땀이 배어나왔다. 내가 살아 있음을 확실히 실감하는 순간이었다.

퇴원할 때 의사는 체중을 줄이라고 당부했다. 나는 고개를 끄덕였지만 내심 그럴 생각은 없었다. 저승으로 건너는 강나루에서 나룻배가 기울지 않았다면 지금의 나는 이 자리에 없을 테니까 말이다. 몇 번이나 다이어트를 하려고 마음먹다가도 꾀가 나면 요단강의 나룻배를 떠올리곤 했다. 혹여 다이어트에 성공하게 되면 저승사자가 배 타러 가자고 잡으러 올 것 같았다.

지금도 친구들은 나만 보면 저승 다녀온 얘기를 듣고 싶어 한다. 그러면 나는 배가 기울던 장면을 설명하며

"저승에서도 살찐 사람은 인기가 없나 보더라."

하며 웃는다. 덤으로 얻은 이승에서 아름다운 사람들과 함께 있어 행복함을, 그 절절한 고마움에 오늘도 밥값은 내가 쏜다. 개똥밭에 굴러도 이승이 낫다고 하지 않던가.

4부
시산제가 있는 풍경

시산제가 있는 풍경

산행 가는 날이다. 아침부터 달려온 버스는 오전 10시경이 되자 의성 금봉 자연휴양림에 도착했다. 산행을 위주로 하는 산악회는 주로 신년 초에 시산제를 지낸다. 시산제를 지내는 이유는 한 해 동안 무탈하게 회원들이 산행을 할 수 있게 해 달라는 의미와 더불어 가정의 행복도 함께 기원함이다. 우리 고유의 산신제는 음력 정월 초하루부터 대보름 사이에 지내는 것이 원칙이었다. 이러한 원칙을 꼭 따를 필요는 없으나 요즘은 보통 2월 산행 시에 많이 지낸다. 날씨가 추운 탓으로 주최 측에서 펜션을 빌렸다. 겨울산행은 될 수 있는 한 짧은 코스로 잡는다.

햇살이 내리쬐는 펜션 앞 탁자 위에 준비해 온 음식으로 시산제 상차림이 분주하다. 자르지 않은 통 시루떡이 팥고물 속에 묻혀있다. 돼지머리와 각종 과일들이 정갈하게 차려지고, 산악인 선서와 함께 시산제가 진행된다. 선서는 산행대장이 글귀를 낭독한다. 조금은 엄숙한 분위기가 되어 회원들도 손을 들고 함께 목청을 높인다.

"산악인은 무궁한 세계를 탐색한다. 목적지에 이르기까지 정열과 협동으로 온갖 고난을 극복할 뿐, 절망도 포기도 없다. 산악인은 대자연에 동화되어야 한다. 아무런 속임도 꾸밈도 없이 다만 자유, 평화, 사랑의 참 세계를 향한 행진이 있을 따름이다."

우리들의 우렁찬 목소리가 금봉 포대산 자락에 맴돈다. 선서가 끝나자 회장이 먼저 절을 올린다. 상 위에 돼지머리가 기분 좋게 웃고 있다. 산악회를 잘 이끌어 주시고 무사고 일 년을 간곡히 바란다며 봉투 하나를 돼지 입에 물리자 회원들의 박수가 쏟아진다. 연이어 산대장이 절을 하고, 임원진들도 나란히 절을 한다. 그 뒤에 회원들도 제각기 소원을 빌며 단체로 머리를 숙인다.

시산제 행렬이 끝나자 갑자기 돼지머리가 돈벼락을 맞는다. 밀려드는 돈 봉투에 입 꼬리가 자꾸만 올라간다. 훈훈한 펜션 안에서 식사준비를 한다. 한쪽에서는 밥을 푸고 다른 한쪽에서는 돼지머리를 썬다. 시루떡도 먹음직스럽다. 많은 회원 수로 밥상이 여의치 않다. 신문지를 바닥에 깔고, 주섬주섬 차려지는 갖가지 음식들이 시장기를 부추긴다. 그날 컨디션에 따라 산행을 하지 않을 사람들은 우리 민족주인 막걸리를 한 잔씩 한다. 회장의 건배사가 더 맛깔스런 안주가 된다. 일부 회원들은 산행을 떠나고, 윷놀이 한판이 벌어진다. 국방색 얇은 담요와 윷을 챙겨온 한 회원 덕분에 즐거운 시간을 보낸다. 한 사람의 세심한 배려가 여러 사람들이 즐겁다. 윷놀이로 흥분된 분위기 탓인지 방안이 갑갑하다.

밖은 영하의 날씨다. 근처 휴양림을 돌아본다. 계곡물이 살짝 얼었다. 자세히 들여다보니 얼음 속으로 졸졸 흐르는 물소리가 봄이 가까이 왔음을 느끼게 한다. 긴 겨울이 가고 있나 보다. 나뭇가지에도 해동의 기운이 보인다. 뾰족한 새순이 움트고 있다. 산수유 군락지로도 유명한 이곳에 봄기운이 맴돈다.

산행에서 회원들이 돌아오자 느림의 미학이 있는 '사촌마을'에 들렀다. 천연기념물로 이름난 가로 숲과 고풍스러운 만취당 고택이 눈길을 붙잡는다. 사촌마을은 조선 말기에 기와지붕이 바다를 이룬다고 와해(기와와 바다)라 불릴 만큼 번성했던 마을이라고 한다. 그중에서도 만취당은 마을에서 가장 오래된 고택이다. 임진왜란 때 건립된 목조건물로 풍광이 일품이다. 몇 백

년 된 노거수들이 빼곡하여 휴식을 취하기에도 손색이 없는 곳이다.

어느덧 해가 중턱을 넘어서고 있다. 대구로 출발할 예정된 시간이 다가온다. 지난해는 유난히 병치레가 많았던 날들이었다. 공해로 찌든 몸과 마음이 힐링 되는 기분이다. 바쁘다는 핑계로 자연이 우리에게 주는 고마움도 모르고 살았다. '마늘' 하면 떠오르는 의성, 마늘처럼 속이 꽉 찬 생활에 마음의 여유를 느끼며 살고 싶다. 누가 그랬던가. 자연사랑은 국토사랑 운동이요, 산행은 자연 찬미와 그 근간이 되어야 한다고 말이다. 인도의 간디 무덤 앞에서 출발하여 케네디의 무덤까지 걸어간 녹색운동가 사티쉬 쿠마르는 '자연은 위대한 스승' 이라고 했다. 자연을 알지 못하면 자연을 보호할 수 없다고 했듯이 산의 정상도 자신의 건강도 그 실체를 모르고는 정복하기가 힘들다.

해가 조금 길어졌다. 달리는 차창으로 바라보는 산과 들에 봄기운이 묻어난다. 잠시 열어 놓은 버스 지붕 환기창으로 들어오는 바람도 이제는 살을 에는 듯한 칼바람이 아니다.

회장의 마무리 인사말에 박수소리가 훈훈하다. 산행대장은 3월 일정은 정관 규정대로 바닷길을 건너 아름다운 섬으로 갈 예정이라고 한다. 회원들의 다양한 성향을 배려하여 연간 산행 중 한 번은 섬 여행을 한다. 순간, 동백꽃이 아름다운 오동도가 눈 앞에 삼삼하다. 흥겨운 음악소리에 회원들이 일어나 노래를 부른다.

오장육부五臟六腑가 좋아하는 하루를 즐길 수 있음에 감사하고, 혼탁한 몸과 어지러운 마음을 쉬게 해 준 아름다운 우리 강산이 오늘따라 한없이 고맙다. 밖은 어느덧 어둠이 깔리고, 가방을 챙기는 마음은 벌써 집으로 향하고 있다.

진또배기

사문진 나루터에 비가 내린다. 유난히 무더웠던 긴 여름이 터널 위에 탐스러운 조롱박을 올려놓았다. 나루터 입구에 오백 년을 견뎌 온 팽나무가 위상을 자랑한다. 그 옆, 오리 모형을 한 진또배기가 높이 치솟아 멀리 낙동강을 수호하듯 바라본다.

진또배기는 영동지방에서 솟대를 이르는 단어로 긴 대나무를 뜻한다. '긴대' 가 '진대' 가 되었고, '진대' 가 변하여 '진또' 가 되었다고 한다. 배기는 '땅에 박혀 있는 것' 을 말한다.

진또배기는 마을 어귀에서 마을의 평안을 기원하는 솟대로 알려져 왔다. 나무기둥과 그 꼭대기에 냉큼 올라앉은 나무새는 물과 불, 바람이 일으키는 삼재三災로부터 마을과 그 터에 사는 이들을 보호해 준다는 의미를 지녔다고 한다. '짐대' 로도 불리는 진또배기는 높다란 나무 위에 나무를 깎아 새 모양으로 앉히거나 지방에 따라 돌기둥에 돌로 만든 신앙 물로 올려놓은 곳도 더러 있다. 마을의 안녕과 수호는 물론, 풍어豊漁와 풍농豊農을 기원하며 마을에서 공동으로 세우는 것이 대부분인데 풍수상의 이유로 세우기도 한다. 굳이 마을 입구에 세우는 까닭은 그곳이 사람들뿐만 아니라 재액在厄과 부정不正 등, 초자연적 존재들도 드나드는 출입구가 되기 때문이다.

옛날 사람들은 하늘과 땅, 땅속이 각각 다른 세계로 이루어져 있다고 믿었다. 이 세 개의 세계는 기둥으로 이어져 있어서 하늘에 있는 신이 이 기둥을 통해서 오르내린다고 생각했다고 한다. 솟대 위에 유독 오리가 많은 것은 오리가 닭보다 크고 무거운 알을 많이 낳기 때문에 풍요를 가져오는 새로 믿었기 때문이다. 하늘과 땅, 물을 오가며 잠수까지 하는 모습을 보고, 오리는 지상세계와 지하세계를 모두 다닐 수 있다고 생각했다. 또 먼 곳으로 여행하는 철새라는 성질을 안고 있어 인간 세상과 신이 사는 세계를 이어주는 메신저로 믿었다고도 한다.

사문진 나루터에 비가 그친다. 우산을 받쳐 든 여자아이가 높이 올라앉은 나무새를 신기한 듯 바라본다. 그리고는 금방 울상이 되어 엄마의 등 뒤로 숨는다. 바로 옆, 천하대장군의 험상궂은 모습이 무서웠던 모양이다.

옛날 시골에서나 볼 수 있는 사립문을 지나니 주모는 보이지 않고 등산객들만 옹기종기 살평상 위에 앉아 여담을 즐긴다. 사문진 강나루에 작은 배가 한두 척 왔다갔다 한가로이 노닌다. 팽나무 주위를 빙 두른 새끼줄에 소원을 적어 묶은 조그만 끈들이 진풍경이다. 들여다보니 건강기원이 태반이다. 연인들의 풋풋한 사랑의 언약도 살짝 훔쳐본다. 절절한 사연에 입가에 미소가 번진다.

나루터에 뱃고동 소리가 귓가에 맴돈다. 핑크빛 바늘꽃 길을 거닐며 내 마음에도 진또배기를 새겨본다. 자신과 가족의 건강을, 어수선한 나라의 안녕을.

솟대 위에 이름 모를 새 한 마리가 앉았다. 바람이 불고 비가 오면 보금자리로 날아가리라. 석양에 비친 강물이 아름다운 사문진 나루터, 비가 내려 물이 불어도 걱정 없다. 입구에 떡하니 버티고 서 있는 천하대장군과 지하여장군이 함께하는 진또배기가 있지 않은가.

바다의 노래

조그만 어촌 포구에 널어놓은 멸치 맛이 구수하다. 사진동우회에서 통발 체험을 하기 위하여 일행은 '영광호' 어선에 오른다.

주위의 통발 어선도 출발 준비를 하느라고 분주하다. 지참물이라고는 카메라와 배낭 속의 라면, 고추장이 전부다. 구명조끼를 갖추어 입고 제각기 자리를 찾아 앉는다. 어선의 주인은 해산물을 직접 잡아서 판매도 하지만 배를 빌려 주고 대여비를 받기도 한다. 이럴 경우 주인이 대부분 선장과 가이드를 겸한다.

물살을 가르며 영광호는 포구와 점점 멀어진다. 해산물을 잡는 방법은 여러 가지다. 대표적인 것이 낚시와 그물이지만 둥근 통발로도 잡는다.

뱃길로 얼마를 달려 왔을까. 포구가 잡힐 듯 보이는 바다 가운데에 도착했다. 바다에 길이 나 있는 것도, 어선에 내비게이션이 있는 것도 아닐 진데 선장은 자기 집안에 들어 온 듯이 작업 준비를 한다. 자세히 살펴보니 며칠 전에 던져 놓았다는 부표가 수면 위에서 하늘거린다.

드디어 장정 두 사람이 통발을 끌어 올린다. 무엇이 올라오려나 모두가 숨을 죽이고 통발이 올라오는 쪽으로 시선을 모은다. 성미 급한 회원은 미리 카메라를 대기하기도 한다. 그런데, 첫 통발 수확은 '꽝' 이다. 알록달록 색상도 다양한 불가사리만 갑판 위에 쏟아졌다. 기대가 크면 실망도 크다고 했던가. 실망의 빛을 감추지 못하는 여성 회원에게 선장은 불가사리를 '영광호' 에 탑승한 선물이라며 브로치처럼 가슴에 붙여 준다. 우리들의 웃음소리는 간간이 밀려오는 물보라와 함께 부서져 간다.

8월의 뜨거운 태양이 하늘 중턱에 걸렸다. 철마다 올라오는 어류의 종류는 다양하다고 한다. 우리들은 자리를 옮겨 가며 줄줄이 엮어 놓은 통발을 차례로 건져 올린다. 고기가 올라올 때마다 일행들의 함성이 광활한 바다 위로 울려 퍼진다. 문어와 놀래미, 볼락의 팔딱거리는 모양이 소금을 뿌려 놓은 미꾸라지 같다. 우리들의 환호성에 선장도 신명이 났는지 구수한 뱃노래 한 가락을 흥얼거린다. 갑판 아래에는 잡은 해산물을 넣는 조그만 수족관이 있다. 선장은 문어를 그물망에 넣어 수족관에 던진다. 그렇게 하지 않으면 문어는 서로의 살점을 뜯어 먹는다고 한다.

잠시 후, 한 쌍의 백 고둥이 입맞춤을 하고 올라온다. 일행은 휴대용 가스에 불을 켠다. 선장도 하던 일손을 멈추고 회를 뜨기 시작한다. 끓는 물에 문어와 고둥이 차례로 입수하자 갑자기 시장기가 돈다. 일행들의 배에서도 '꼬르륵' 밥 달라고 난리다. 선상 중앙에 신문을 깔고 준비해 온 초고추장을 놓으며 뺑 둘러앉았다. 선홍빛 문어가 흰 살을 드러낸 소라 옆에 나란히 누웠다. 소주잔을 기울이며 건배 삼창을 외치는 머리 위로 갈매기가 한가롭다. 중간중간에 선장은 멋진 이벤트도 선보인다. 회를 다듬고 남은 어류의 내장을 바다에 던지면 갈매기들이 벌떼처럼 달려들어 낚아채 간다. 회원들의 카메라 셔터 누르는 소리가 멀리 뱃길에 부서지는 물보라와 렌즈 속으로 들어온다.

점심 식사는 문어를 삶아 낸 육수에 라면을 넣어 냄비 한가득 끓인다. 구겨진 양은 냄비에 라면을 건져 먹는 일행들의 손놀림이 바쁘다. 김치 한 점 없어도 투정하는 이 없다. 바다는 어느새, 우리들과 한 몸이 된 듯하다. 육지와 단절되어 물질의 늪에서 벗어나 원초적인 삶의 본능이 되살아난다. 화장실이 바다 위에 없으니 큰일이다. 생리 현상을 서로 조절해야 했다. 적당한 시기에 선장은 가까운 섬에 배를 댄다. 그러면 각자 구석진 장소를 찾아 볼일을 해결한다. 이때 선장은 갑판 위에 모아 두었던 불가사리를 수거하여 섬 한쪽에 모아 둔다. 불가사리는 어패류의 천적이기 때문이다.

먼 바다 수면 위로 낯익은 물체가 떠올랐다가 들어가곤 한다. 해지는 바다의 풍광은 수묵화를 보는 듯하다. 요동치는 구름이 바람에 실려 맑았던 하늘이 금방이라도 빗방울이 떨어질 듯 음산하다. 선장의 입항 신호를 받으며 배낭을 챙긴다. 주인 잃은 백 고둥의 텅 빈 껍데기가 선상 위에 쓸쓸하다. 나도 모르게 내 모습을 보는 것 같아 얼른 주워 배낭 속에 넣는다. 선상에서 마지막 일행이 육지로 올라온다.

아침에 널려 있던 멸치를 어부가 봉지에 담고 있다. 그 옆에 흰 수건을 머리에 두른 아낙이 지나 가는 일행에게 미소를 보낸다. 사각진 콘크리트 벽에 갇혀 사는 도시 촌사람들에게 오늘은 사이다처럼 짜릿하고 산소처럼 신선한 하루였다. 배낭 속에 달그락거리는 고둥 소리를 들으며 가슴에 붙어 있는 불가사리를 어둠이 내리는 포구에 살며시 내려놓는다.

완행열차

지하철 2호선에 이어 지상철 3호선이 개통되었다. 설레는 마음으로 열차에 몸을 실었다. 단체 시승식에 가지 못했던 아쉬움이 모노레일(단선궤도를 달리는 전차)을 타는 순간 말끔히 해소되었다. 첨단기술의 도입으로 지상철은 창문을 자동적으로 가려 바깥 주거지의 사생활 보호까지 신경을 썼다. 눈부신 햇살에 초목들이 여름의 싱그러움을 느끼게 한다.

칠곡으로 간다는 부녀父女를 옆자리에서 만났다. 아빠는 어린 딸에게 지상 아래로 펼쳐진 풍경을 설명해 주기에 신이 난 듯하다. 부녀의 다정한 모습에서 어린 시절 아버지 품에 안겨 삼척행 완행열차를 탔던 기억이 되살아난다.

가산이 기울던 시절이었다. 없는 형편에 작은 가내공업을 하시던 아버지는 빚더미에 올랐다. 버티다가 생각한 것이 연고자도 없는 삼척행이었다. 어머니는 우선 급한 대로 보따리 하나만 꾸렸고, 아무 영문도 모르는 우리 4남매는 불안한 마음으로 길을 따랐다. 남몰래 밤에 탄 비둘기호는 어둠을 뚫고 긴 터널 수십 개를 지났다. 지나가는 간이역마다 철커덕거리며 잠시 정차하고, 승객을 태운 열차는 역마다 서고 또다시 기적을 울리며 출발하기를 날이 새도록 쉬지 않았다. 지금 기억으로는 삼척역까지 한나절은 족히 걸린 걸로 짐작이 된다.

역에 내리자 희뿌연 새벽안개가 두 줄기 레일 위로 짙게 깔려 있었다. 잠시 동안이나마 안식처 역할을 해 주었던 열차는 우리를 버리고 어디론가 긴 꼬리를 감추며 사라졌다. 보따리를 머리에 인 어머니와 아버지 팔에 감긴 우리는 플랫폼을 맴돌며 그림처럼 서 있었다. 언제 이 기찻길로 다시 돌아와 보고 싶은 친구들이 있는 고향으로 갈 수 있을까 생각하니 어린 마음에도 기찻길이 마냥 좋지만은 않았다.

동해가 내다보이는 언덕배기 허름한 초가집에 어머니는 보따리를 풀었다. 우리는 삼척에서 6년이라는 인고의 세월을 보냈다. 아버지는 고깃배를 탔고, 어머니는 온갖 궂은일로 허리 펼 날이 없었다. 강냉이 죽과 시커먼 보리개떡이 신물이 날 즈음,

우리는 삼척역 플랫폼에 다시 섰다. 고향을 떠나 올 때는 어두운 밤이었지만 고향을 찾아가는 날은 새벽이었다. 중간 중간 간이역을 지날 때마다 기찻길 옆에는 하늘하늘 코스모스가 반겨주었고, 역무원 아저씨가 흔드는 깃발도 우리를 환송하는 듯했다. 가끔씩 컨테이너를 달고 하행선 철로로 화물열차가 느린 속도로 지나가곤 했다. 기차간에서 계란을 사 먹는 사람들이 부러워 물끄러미 쳐다보다가 잠이 들기도 했다. 새벽에 출발한 완행열차는 점심시간을 훨씬 넘어서야 대구역에 도착했다. 나는 어머니가 사 주신 빨간 구두를 신고 좋아서 고향 역 주위를 빙글빙글 돌았다. 고향을 떠나오기 전의 친구들은 지금도 내가 살던 곳에 있는지 빨리 가보고 싶었다. 역 근처에는 사과 파는 아지매의

"사과 한 줄 사 가이소 예~"

정겨운 경상도 사투리가 고향에 돌아 왔음을 실감케 했다. 좋아서 눈물이 찔끔 났다. 사과를 붉은 양파 망에 나란히 줄을 지어 묶어 팔곤 했다. 암울하고 가난했던 유년시절에 완행열차는 메마른 내 가슴에 시원한 빗줄기가 되어 울적한 마음을 씻어 주었다.

지상철 3호선이 종착역에 다다랐다. 부녀가 내릴 채비를 한다. 아이는 더 타겠다고 보챈다. 아빠는 빙그레 웃으며 왔던 길을 다시 순환할 모양이다. 딸의 손을 잡은 그들의 다정스러운 모습에

서 유년시절 대구역에서 나의 손을 잡아 주시던 아버지의 모습이 겹친다. 부모가 자식을 기다리듯 기찻길은 늘 그 자리에 있다. 돌아오지 않는 사람은 있어도 돌아오지 않는 기차는 없다. 그 시절, 기적을 울리며 달려오던, 지금은 아련한 추억 속으로 사라진 칙칙폭폭 완행열차가 그립다. 다정하게 손잡아 주시던 아버지의 모습이 가물거린다.

곡수거曲水渠

대구수목원 끝자락에 있는 전통 정원이 발길을 붙잡는다. 2013년에 새롭게 조성된 정원이다. 곡수거에 물을 흘려 술잔을 띄우고, 그 술잔이 자기 앞에 올 때까지 시 한 수를 지어 읊는 연회를 베풀었으니 이를 '유상곡수연流觴曲水宴'이라고 한다. 오른쪽을 돌아 협문으로 들어서니 돌로 만들어진 '곡수거曲水渠'가 한눈에 들어온다. 거북이 입을 통해 물이 뿜어 나와 구불구불한 도랑인 곡수거에 잔잔히 흘러내린다.

이곳에 조성된 곡수거는 경주 포석정과 같은 크기로 수로의 길이는 약 22m이다. 떠가는 잔이 굽이굽이 흘러가다가, 어느 곳에서는 느릿느릿 멈추어 선다. 돌 홈 속에서 빙글빙글 돌다가, 바람이 불면 흔들리는 물의 율동을 타고, 물도 잔도 살랑살랑 춤을 춘다. 곡수거의 술잔이 특정 지점에서 맴도는 것은 유체역학流體力學으로 정교하게 설계되었기 때문이라고 한다. 현대 과학으로도 풀기 어려운 신라 장인들의 과학성과 실용성에 감탄이 절로 나왔다.

옆문으로 눈길을 돌린다. 지금의 별장 같은 신라시대의 별서정원別墅庭園이 나들이 나온 관광객들을 한 아름 품고 있다. 흙과 돌로 쌓아 올린 담장 두 개가 서로 다른 공간을 둘러싸고 있다. 정원에는 정교하게 줄을 지어 쌓아 올린 잿빛 기왓장 모퉁이에 홀로 핀 달리아 꽃이 외롭다. 그 모양이 한복을 곱게 차려 입은 신라 여인의 향기가 되어 내 가슴속에 전해져 온다.

신라는 9세기에 접어들면서 왕권 쟁탈과 귀족들의 사치가 극에 달했다. 타락된 생활의 뒤안길에서는 굶주린 백성들이 도적떼에 가담했다. 신라의 북쪽 땅은 고려의 왕건이 차지하고, 서쪽 땅은 후백제의 견훤이 지배했다. 나라가 혼란스러운 시기, 927년에 경애왕은 견훤이 쳐들어 왔을 때 포석정에서 술잔치를 벌이다가 목숨을 잃었다는 설도 있지만, 추운 겨울날에 흥청망청 놀기 위해 술판을 만들지는 않았을 것이라는 생각이 든다. 어쩌면, 기울어 가는 천 년의 신라를 왕은 스스로 직감하고 허탈한 심정으로 포석정을 찾았을 수도 있지 않았을까 생각하니 그의 심정이 헤아려진다.

거북이가 연신 물줄기를 뿜어낸다. 돌 홈 갓길 중간중간에 하얀 도자기 술병이 놓여 있다. 살며시 술병을 들어 본다. 술이 아닌 거북이 입에서 받은 물을 잔에 따른다. 잔을 물 위에 띄워 놓고 곡수거 끝자락에 앉아 잔이 내 앞까지 내려오기를 기다리며 사색에 잠긴다. 기울어 가는 나라의 마지막을 포석정에서 맞이한 왕이 술잔을 띄워 놓고 시 한 수를 읊는 심정은 어떠했을까. 그의 충신들은 어떤 시로 왕을 위로 했을까.

가을 햇살이 서서히 등 너머로 내려앉는다. 띄워 놓은 잔은 중간 돌 홈 사이에서 맴돌며 내려오지 않는다. 나의 시 한 수가 설익은 탓일까. 아니면 술잔이 아닌 물 잔을 띄운 자신에게 시위라도 하는 것일까. 미소를 머금고 잔이 머무는 곳에 왕의 마음을 담아 한 모금 마신다. 맞은편에 마주 선 일행들이 나에게 웃음을 보낸다. 저 만치 달아나는 햇살을 붙잡으러 발걸음을 재촉한다.

신新 춘향전

봄비가 부슬부슬 내리는 아침, 문화유적 탐방길에 올랐다. 답사지는 남원이다. 춘향전의 고장 남원 광한루의 정취가 눈앞에 아른거린다. 실상사에서 버스가 멈춘다. 흩뿌리는 빗줄기는 멀리 보이는 산야를 운무로 뒤덮고 있다. 연녹색 나뭇잎에 매달린 빗방울이 사랑스럽다. 남원에 도착하니 비는 이미 멎어 있다.

광한루는 원래 관통루였는데 1444년(세종26년) 전라도 관찰사였던 정인지에 의해서 광한루로 바뀌었다고 한다. 정인지가 관통루를 거닐다가 아름다운 경치에 취하여 이곳을 달나라 미인 항아가 사는 월궁 속의 '관한청허부寬限聽許府'라 칭한 후, 광한루라고 부르게 되었다고 한다.

오작교 위에 섰다. 오작교 둘레를 더욱 아름답게 만들어 주는 왕버들 나무가 인상적이다. 오작교 밑으로 헤엄치며 노니는 비단잉어가 평화롭다. 광한루의 아름다운 경관은 몽룡과 춘향의 사랑을 부채질하고도 남음이 있다. 그네 타는 춘향의 모습 뒤로 그녀가 모르게 발뒤꿈치를 들고 살금살금 다가오는 이도령의 모습을 상상해 본다. 비단잉어에 정신을 놓고 있는데 일행 중에 멋진 카메라맨이 멀리서 사진 찍는다고 고함을 지른다. 나는 밝게 웃으며 손을 번쩍 들어 고맙다고 답례를 한다.

오작교를 걸어 나오는데 어느 중년의 남녀가 춘향복과 몽룡복을 하고서 기념사진을 찍으려고 분주하다. 남녀 모두가 옥떨메(옥상에서 떨어진 메주)를 연상할 만큼 못난이다. 그래도 여자는 얼굴에 분칠을 하고 루즈를 바르며 난리다. 내 옆에 함께 있던 일행이 하는 말에 나는 그만 웃음을 터뜨리고 말았다.

"호박에 줄 긋는다고 수박 되나?"

나는 그 사람들이 무안해 할까봐 그들에게서 조금 벗어나 버드나무 뒤에서 참고 있던 웃음을 쏟아 내었다. 나의 웃음소리에 오작교 물속의 비단잉어도 놀랐는지 유유히 사라져 간다.

춘향전에는 여러 설화가 있다고 한다. 그중 하나가 '박색터'

설화이다. 춘향은 월매의 딸로 얼굴이 워낙 못생겨 나이 30이 넘도록 청혼하는 사람이 없었다. 그런 춘향이 어느 날, 요천에서 빨래를 하다가 몽룡의 늠름한 모습에 연정을 품는다. 짝사랑에 병을 얻은 춘향이 안쓰러워 월매는 딸의 병을 낫게 하기 위하여 계책을 세운다. 월매는 춘향의 몸종인 향단의 우아함을 이용하여 이몽룡을 광한루로 유인한다. 몽룡은 술에 취해 아름다운 향단에게 마음을 뺏겨 춘향의 집에서 향단이가 아닌 춘향이와 동침한다. 월매는 술 취한 이몽룡의 허점을 노리고 몰래 향단이와 춘향이를 바꿔치기 한 것이었는데, 이른 아침 잠에서 깬 몽룡은 박색 춘향이를 보고는 '걸음아 내 살려라.' 하며 도망간다.

월매는 몽룡에게 춘향과 하룻밤을 보냈으니 책임을 지라고 협박한다. 이몽룡은 협박에 못 이겨 정표로 비단수건을 보낸다. 그 뒤, 몽룡은 아버지 남원부사를 따라 한양으로 올라갔는데 몽룡은 돌아오지 않았다. 이몽룡을 오매불망 기다리던 춘향은 광한루에서 목을 매고 말았다. 남원부 사람들은 춘향을 불쌍히 여겨 몽룡이 떠난 고개에다가 그녀의 시신을 장사지내고 '박색터' 라 불렀는데 이것이 오늘날 '박색고개' 라는 설이다.

기념 촬영을 마친 옥떨메 춘향과 몽룡은 사진만 찍고 옷을 벗기에는 아쉬웠던 모양이다. 손을 잡고 오작교 다리 위로 슬금슬금 올라선다. 겉보기와는 달리 여자가 애교를 떨며 남자에게 속삭인다.

"사진 못 나오면 어쩐다요?"

남자가 되받아 하는 말,

"여러 장 찍었응께 그중에서 제일 잘 나온 것 고르면 된당께."

박색터의 이루어질 수 없었던 사랑이 오늘 새롭게 태어나는가. 아무리 봐도 더 잘 나올 사진이 없을 것 같은데 자신들에게는 고를 사진이 있었나 보다. 연신 마주보며 웃음 짓는 그들에게 눈길이 머문다. 남들이 못 생겼다 한들 무슨 상관이랴! 내 눈에 춘향이고 몽룡이면 되는 것을.

해신당 공원에서

지인들과 동해로 여행을 떠났다. 시원한 바다가 이어지는 해안 길을 달린다. 파도가 밀려와 하얀 물거품을 토해낸다.

동해안 유일의 남근숭배풍습이 전해오는 해신당 공원에 들어섰다. 해초향이 코끝을 간지럽힌다.

공원에는 어촌민의 생활을 느낄 수 있는 민속전시관과 해학적인 웃음을 자아내는 남근조각공원 등으로 구성되어 있다. 한적한 길을 따라 펼쳐지는 소나무 산책로를 거닐며 바라보는 신남바다는 숲과 어우러져 절경을 이룬다. 작은 나무로 남근모양을 깎아 굴비 엮듯이 나란히 줄지어 놓았다. 남근 조각상은 거의 돌과 나무로 만들어졌다. 애바위 전설이 새겨진 표지판 앞에서 발길을 멈춘다.

옛날, 신남마을에 결혼을 약속한 애랑과 덕배가 살고 있었다. 해변에서 조금 떨어진 애바위에서 해초작업을 하려는 애랑이를 태워주고, 덕배는 다시 태우러 온다는 약속을 하며 돌아왔다. 그런데 갑자기 불어 닥친 풍랑에 휩쓸려 애랑은 목숨을 잃고 말았다. 덕배는 목이 터져라 그녀를 불렀지만, 가 버린 애랑을 다시는 볼 수 없었다.

이후, 마을에서는 애랑의 원혼 때문인지 고기가 잡히지 않았다. 어부들은 걱정이 이만저만이 아니었는데, 그중 한 남자가 고된 생활을 한탄하며 바다를 향해 오줌을 쌌다. 그날부터 신기하게도 고기잡이 나가는 배마다 풍어를 이루고 돌아왔다. 마을에서는 해신당을 지어놓고, 남근을 깎아 애랑의 넋을 기리는 제사를 지냈는데, 지금도 정월대보름이면 그녀의 영혼을 달래는 행사가 이어지고 있다.

경사진 내리막길을 가다가 발걸음을 멈춘다. 일행 중의 한 사람이 바다를 향해 오줌을 싸고 있는 남정네들의 남근상을 보고는 짓궂게 한마디 한다.

"거참! 생긴 것도 각양각색이네. 누가 오줌줄이 멀리 가나 시합이라도 하나 보지?"

함께 보던 지인들도 민망한 듯 눈길 둘 곳을 찾는다.

조각공원에는 경연대회를 통해 제작된 작품 등, 국내외 남근 조각가들의 작품이 100여 점이 전시되어 있다. 원래는 여근도 있었으나 여성단체의 반대에 부딪쳐 창고에 묻혀 있다고 한다. 실질적인 여근도 깊고 어두운 곳에 있으니 어쩌면 습지고 빛 들지 않는 그 자리가 제자리가 아니겠는가.

해당화가 곱게 핀 언덕을 내려오는데 숨이 멎을 것 같다. 유일하게 누워있는 이탈리아의 조각가 미켈란젤로의 누드 조각 모조품이 기세도 당당하게 떡 버티고 있다. 다른 남근석과 다른 점이 있다면 움직인다는 것이다. 아래위로 연신 끄덕거리며 물을 뿜어댄다. 물대포 같은 형상에 웅대함까지 갖추었으니 이를 보는 남자들을 기죽이고도 남음이 있겠다. 그곳에 밀착된 '위험'이라는 표지판을 보며 우리들은 웃음을 터트렸다.

"절대 올라타지 마십시오. 미끄러지면 큰일 납니다."

어느 장난기 많은 여인이 올라타다가 물총을 맞아 떨어진 모양이다. 눈을 돌리는 곳마다 보이는 게 모두가 남근상이다. 땅을 보아도 남근이 어른거리고, 하늘을 보아도 남근이 둥둥 떠다니는 것 같다. 앉는 의자도 남근으로 서 있고, 서 있는 솟대도 남근을 물고 있다. 해신당으로 들어가는 울 기둥도 모두가 남근 조각이다. 해신당 귀퉁이에 핀 해당화도 불룩 솟은 남근이 민망한 듯 고개를 숙이고 있다.

일행들이 단체 기념사진을 찍자고 야단이다. 촬영 장소를 고르는데 고심을 한다. 경치가 좋다 싶은 곳에는 거의 남근상이 지척에 있다. 어디에서 찍든 남근이 들어가야지 제 맛이 난다는 사람들이 있는가 하면, 여태까지 본 남근만으로도 충분하다며 사진에까지 남근을 끼우고 싶지 않다는 일행들도 있다. 의견이 분분하니 판단은 사진사가 할 일이다. 나는 양쪽 모두 배려해서 남근석 조각상 의자에 앉으라고 했다. 일행들의 오케이 사인이 떨어진다. 엉덩이에 묻힌 남근석은 사진을 보는 우리들만이 아는 추억이 될 것이다.

바다 저 멀리 등대마저 남근석이 되어, 눈앞에 아른거린다. 애랑의 동상을 매만지는 나의 손등 위로 어느새 햇살이 달아난다.

백담사의 가을

단체 가을 기행을 떠났다. 목적지는 백담사다. 이른 아침부터 일행을 태운 버스는 반나절이 넘어서야 용대리 정류장에 도착했다. 수많은 사람이 백담사를 가기 위해 셔틀버스를 기다리고 있다. 그들의 옷차림이 알록달록 단풍이 따로 없다.

백담사는 신라 진덕여왕 647년에 자장율사가 설악산 한계리에 아미타삼존불을 봉안하고 창건한 한계사다. 그 뒤 영조 51년까지 운홍사, 삼원사, 영취사로 불리다가 1783년에 백담사로 이름을 바꾸었다고 한다.

사람들의 줄서기가 너무 길어 매표소에 문의해 보니 기다리는 시간이 2시간이나 걸린다고 한다. 우리 일행은 시간을 벌기 위해 건봉사를 먼저 다녀왔다. 점심시간이 훨씬 넘은 시간에야 백담사 셔틀버스를 탈 수 있었다. 백담사의 가을 전경을 빨리 보려는 마음에 가슴이 설렜다. 좁은 길의 가파른 산세를 지날 때면 마음이 조마조마했다. 길 아래 후미진 계곡을 보면서 사람들은 탄성을 질렀다. 울긋불긋 단풍도 아름다웠지만 맞은편에서 버스가 오면 비켜서지도 못 할 좁은 산길에 곡예를 하듯 굽이굽이 돌아가는 버스가 심장박동 소리를 높였다. 창가에 앉은 나는 내설악의 가을 풍광에 취하여 찬사를 연발했다.

버스에서 내리니 수심교 돌다리가 우리들을 맞이한다. 다리 위에서 내려다보는 계곡에 쌓아 올린 수천 개의 돌탑이 눈길을 붙잡는다. 백담사를 다녀간 사람들이 소원을 빌며 쌓아 놓은 돌탑인가 보다.

우리나라 돌탑의 유래는 3천 년 전후로 오래 되었다. 청동기시대에는 선돌을 원조로 했고, 삼한시대의 돌탑은 솟대문화와도 맥을 같이 했다고 한다. 시대에 따라 형태는 조금씩 바뀌어도 예전이나 지금이나 소원을 비는 마음은 마찬가지가 아닐까.

백담사에 들어섰다. 절간 곳곳마다 문전성시다. 사찰 한쪽에 사람들이 웅성거리고 있다. 가까이 가 보니 화엄실 내부에 12대 대통령 내외가 기거하던 방이라며, 그들이 쓰던 물건을 진열해 두었다. 방 중앙에서 목욕을 했다는 커다란 고무 통을 보고 사람들은 씁쓸한 표정이 되어 발길을 돌린다. 세월이 흘렀건만 아직까지 신문 지면 한쪽을 채우는 전 대통령의 비자금 문제는 언제 해결이 날 것인지, 백담사의 청정한 공기에도 가슴이 갑갑하다.

그들이 은거한 지난 세월의 흔적들이 한용운 선생의 「님의 침묵」을 집필한 화엄실에 떡 버티고 있으니 불편하기 짝이 없다. 자랑스럽지도 않은 전 대통령이 머물렀던 흔적을 전시해 놓고 상품화하려는 상업성에 같은 시대를 사는 사람으로 마음이 편하지 않다. 백담사는 세속의 물결이 일렁이는 관광객들로 더 이상 심산유곡의 고요하고 깊은 가람은 아닌 듯 했다. 답답한 마음을 달래며 만해 문학관을 서성거리는데 입구에 한용운 선생의 흉상과 「님의 침묵」 시비가 발걸음을 멈추게 한다. 승려였고 시인이었으며 독립 운동가였던 만해 한용운을 적절히 표현한 문구 앞에서 카메라 셔터를 누른다.

"인도에는 간디가 있고 조선에는 만해가 있다."

백담사는 들어오는 길과 나가는 길이 셔틀버스를 기다리는 사람들로 인산인해다. 그 진풍경을 좇아 줄의 꼬리를 찾아 가니 들어올 때 수심교 위에서 보았던 영실천 계곡이 바로 코앞이다. 관광객이 쌓아 올린 각양각색의 키 작은 돌탑들이 솟아 오른 석순이 되어, 넘어질듯 아슬아슬하다. 여름 한 철 장마에 물이 불어나면 사라질 돌탑을 사람들은 아랑곳없이 쌓아 올린다.

탑 위에 올려놓을 돌멩이 하나를 고른다. 누군가가 마지막 올린 돌탑 위에 건강을 기원하는 내 마음을 포갠다. 내가 올린 돌탑 위에 내일이면 또 그 누군가가 돌탑을 쌓으리라. 해는 서산에 지고 산사는 내 등에서 어둠을 맞는다. 우리가 탈 버스가 어둠을 헤치며 달려온다. 백담사 수심교의 가로등 불이 희미하게 점점 멀어져 간다.

천지天池를 만나다

김해공항이다. 꿈에서도 가고 싶었던 백두산 겨울기행을 지인들과 함께 떠났다. 백두산 하면 천지天池가 먼저 생각난다. 그 누구라도 백두산을 여행하면 천지를 보게 해 달라고 내내 기원할 것이다. 오죽하면 삼대가 덕을 쌓아야만 볼 수 있다는 천지라 하지 않았던가.

중국이다. 이른 아침, 백두산을 만난다는 설렘으로 여행의 피로도 잊었다. 호텔을 나오니 전날에 일행을 태우고 만주벌판을 누볐던 버스가 대기하고 있다. 가도 가도 끝이 없는 눈길이 이방인의 마음을 설레게 한다. 스쳐가는 가로수마다 대형 크리스마스트리를 연상할 만큼 눈을 뒤집어 쓴 모습이 황홀하다. 지난해에 보았던 '설국열차' 란 영화의 아름다운 설경이 머리를 스쳐간다. 우리 민족의 영산 천지는, 백두산 분화구에 물을 담고 있는 천연호다. 화산이 폭발한 자리로 호수로는 세계에서 가장 깊다고 한다. 9월 하순부터 얼기 시작하여 한겨울에는 그 두께가 4미터나 된다고 한다. 6~7월에도 일부는 녹지 않을 때도 있다고 하니 천지의 겨울 혹한을 가름하고도 남음이 있다.

한참을 달려오니 광대한 백두산이 눈앞에 모습을 드러낸다. 일행은 버스에서 내려 지프로 바꾸어 탔다. 비탈진 눈길이라 버스로는 더 이상 올라가기가 힘들었기 때문이다. 즐비하게 늘어선 지프들이 설경에 진풍경이다. 북파로 가는 백두산의 광활한 풍광이 마음을 사로잡았다. 벌써 천지를 둘러보고 내려오는 지프가 맞은편에서 달려온다. 마음 같아서는 차를 세워 천지를 보았느냐고 물어보고도 싶었다. 그러나 그게 무슨 소용 있으랴. 변화무쌍한 날씨에 앞 사람이 봤더라도 뒷사람이 보지 못하는 것이 천지라 하지 않았던가. 하늘과 땅이 맞닿아 보여 온통 수채화 물감을 부어 놓은 듯 파랗다. 어디가 땅이고 하늘인지 분간이 가지 않는다. 천지를 보게 해 달라고 마음속으로 빌어본다.

드디어 정상에 다다랐다. 가슴이 콩닥콩닥 뛰었다. 십여 분을 걸어서 신비로운 천지를 만났다. 하늘이 도왔는지 구름 한 점 없는 맑은 날씨다. 천지는 실오라기 하나 걸치지 않은 말간 모습으로 온몸을 드러냈다. 순간 감동이 밀려왔다. 나도 모르게 두 손을 번쩍 들어 천지와 인사를 했다. 그리고는 살며시 손을 모았다. 하나 뿐인 아들의 취업 기원에 잠시 눈을 감았다. 영하 34도의 혹한에도 아랑곳없이 장갑도 벗어 던지고 맨손으로 천지를 카메라에 담았다. 한파에 손이 꽁꽁 시리다가 아프기까지 했다. 백두산 천지는 겨울만이 느낄 수 있는 또 다른 매력을 우리에게 선물했다. 예상대로 천지의 물은 얼어 붙어 가히 절경이었다. 하얀 은빛 눈 속에 깃털처럼 새하얀 모습으로 가슴을 뛰게 했다. 관광객들은 주로 한국 사람들이 많았다. 우리의 영산 백두산을 만나러 영하의 날씨에도 망설이지 않고 함께 한 일행들이 대견했다.

추위에 언 몸을 가까운 휴게소에서 녹이고, 내려오는 길에 스노모빌을 탔다. 굴곡진 비탈길을 누비며 환성을 질렀다. 짧은 시간이지만 스릴만점이다. 버스에 오르면서 오래 머물지 못한 아쉬움과 안타까움이 밀려왔다. 민족의 숨결이 숨 쉬는 백두산과 우리 문화가 곳곳에 서려 있는 만주지역을 중국정부는 동북공정을 통하여 자신의 변방민족의 역사로 등록하고, 보존 관리하고 있었다. 우리 것이 분명하지만 역사 유적을 방문할 때면 중국 정부의 통제와 지시를 받아야만 했다. 여행을 하며 우리의 반쪽인 북한을 가까이에서 볼 수 있었다. 지척에 놔두고 가보지 못하니 바라보는 것만으로 만족해야 했다. 썰렁한 북한의 벌거숭이 산야가 아픔으로 다가왔다. 잠시나마 통일의 그날을 기원하며 발길을 돌렸다.

현지식 저녁식사를 하고 나니 포만감에 여행의 피로가 한꺼번에 밀려온다. 숙소로 돌아와 카메라에 담은 백두산 천지를 한 컷 한 컷 돌려본다. 문득 여행 가이드의 말이 머리를 스친다. 몇 번을 와도 천지를 못 보고 가는 사람들이 천지라고 한다. 입가에 서서히 미소가 번진다. 우리 일행 중에 그 누가 삼대에 덕을 쌓았기에 초행길에 그 웅장하고 아름다운 천지를 볼 수 있었는지 사뭇 궁금해진다. 나는 작은 목소리로 흥얼거린다.

'혹시! 자신은 아닐는지.'

아름다운 착각에 빠져본다. 단잠을 청하며 눈을 감으니 눈 덮인 천지가 가물거린다.

장성長城 유감

북경의 아침이 밝았다. 전날 여행의 피로는 아침에 눈을 뜨자 멀리 달아났다. 오늘은 중국여행의 하이라이트라고 해도 좋을 맹강녀의 설화가 있는 곳, 만리장성이 기대된다.

만리장성은 북쪽 흉노족의 침입을 막기 위해 진나라 시황제가 쌓은 산성이다. 명나라 때 대대적으로 착공공사를 했다고 한다. 인류 최대의 토목공사라고 불리는 거대한 유적은 1987년에 유네스코의 세계문화유산에 등재되었다. 장성은 똑같은 구조와 재료로 만들어진 것은 아니다. 이중으로 축성한 곳도 있고 성벽의 높이도 지역의 환경에 따라 차이가 다소 있다. 총 길이는 4.2만 리로 21.196km에 달한다. 만리장성이라 불리진 이유는 진시황이 만리장성萬里長城을 건설할 당시에 만 리로 계획했기 때문이라고 한다. 중국인들은 만리장성을 부를 때 만리장성이라고 하지 않고 그냥 장성長城이라고 한다. 오늘날 만리장성은 중국을 대표하는 명물이 되었다.

북쪽으로 달리는 차창 밖의 가로수는 뽀얀 먼지를 뒤집어쓰고 있다. 중국의 남쪽 지방은 잦은 비로 장마에 홍수가 많이 나고, 북쪽 지방은 거의 비가 오지 않아 가뭄의 연속이다. 가로수는 가뭄에 잘 견디는 활엽수를 심는다. 그래서인지 차창 밖으로 스치는 수목들이 생기라곤 찾아볼 수 없다.

가는 길에 보이는 바위산이 장관이다. 저 멀리 장성이 양 갈래로 팔을 벌리고 우리를 맞이한다. 케이블카에서 내리니 바람이 몹시 사납다. 벌써 미리 온 관광객들로 인산인해를 이룬다. 깃대를 높이 치켜 든 가이드가 맹강녀에 대한 설화를 잠시 설명한다.

제나라 어느 고을에 맹 씨와 강 씨가 서로 이웃하여 살았는데, 두 집은 함께 박을 심어 나중에 박이 열리면 그것으로 돈을 벌어 나누었다. 시간이 흘러 단단해진 박을 반으로 갈랐는데 박 속에서 여자아이가 나왔다고 한다. 양쪽 집안은 아이를 함께 키우기로 했고, 아이의 이름은 맹 씨와 강 씨의 양쪽 성을 따서 맹강녀라고 했다. 여자아이는 꽃처럼 아름다운 여인으로 자랐다. 중국 소주에 살고 있던 만희량은 만리장성을 쌓는 부역을 가지 않으려고 관원들을 피해 떠돌아다니다가 맹강녀의 집으로 숨어들었다. 만희량과 맹강녀는 서로 첫눈에 반해 결혼하게 되었는데, 행복은 사흘을 넘기지 못했다. 만희량이 장성을 쌓는 북쪽으로 끌려갔기 때문이었다. 남편이 끌려 간 지 반년이 지나 맹강녀의 꿈속에서 만희량은 추위를 호소했다. 맹강녀는 겨울 솜옷을 준비하여 만희량이 성을 쌓는 수천 리 떨어진 산해관에 도착했지만 남편은 더 이상 이 세상 사람이 아니었다.

심한 노동과 굶주림에 오래전에 저 세상 사람이 되었다는 것을 알고 맹강녀는 장성 아래에서 사흘 밤낮을 통곡했다. 그러자 천지가 어두워지며 장성이 무너졌고, 기와조각과 돌조각 사이에서 수많은 유골들이 나왔다. 맹강녀는 어느 것이 남편의 유골인지 알 수가 없어 손가락에 칼을 대며 자신의 피가 스며드는 한 구의 유골을 찾았다. 부역으로 끌려간 수많은 사람들은 돌아오지 못했다. 고된 노동으로 목숨을 잃은 부역인들의 시신은 장례도 치르지 못하고 장성 쌓는 구덩이 속으로 마구 매장되었다고 한다.

맹강녀의 소문을 들은 진시황은 그녀의 미모에 빠져 궁으로 데리고 가려고 했다. 그러나 맹강녀는 궁으로 가기 전에 세 가지

조건을 건다. 압록강에 긴 다리를 놓아 달라는 것과 만리장성 십 리마다 분묘를 세워 주고 자신이 남편의 무덤에 절을 하는 것이었다. 맹강녀는 소원을 이루자 압록강 다리에서 뛰어내려 선녀가 되었다고 한다. 가슴이 저리도록 슬픈 설화가 아닐 수 없다.

햇살은 따스한데 마음은 왠지 춥다. 맹강녀에 얽힌 설화 탓일까! 바람이 휭하니 불어와 목도리를 날려 보낸다. 1300여 년 전, 아무런 장비도 없었을 텐데 인력으로만 끝도 보이지 않는 장성을 쌓은 부역인들의 고충을 짐작하고도 남음이 있다. 성을 둘러본 여행객들은 조금은 실망한 눈빛이다. 그것도 그럴 것이 말로만 들었던 만리장성의 명성은 황량한 산 정상을 삥 둘러싼 담벼락에 불과하다. 그 시대 부역인들의 고통과 희생을 생각하며 마음의 동요를 일으키기엔 만리장성에 부여된 시간이 너무 짧았다.

바람에 날아 간 목도리가 나뭇가지에 걸려 하늘거린다. 천릿길을 달려와 남편에게 줄 솜옷을 자신의 가슴에 묻고 통곡했을 맹강녀의 울음소리가 세찬 바람을 타고 귓가에 들리는 듯하다. 아내와 상봉하지 못하고 떠나간 만희량의 영혼이 장성을 쓰다듬는 내 손 아래에서 우는 건지 손가락이 떨린다. 나뭇가지에 걸린 나의 목도리가 다시 날아와 차디찬 장성 위를 따뜻하게 감싸 주었으면 좋겠다.

희생 없는 숭고한 역사가 어디 있으랴마는 만리장성을 내려오는 발길은 무겁기만 했다.

서태후와 이화원

북경 마지막 여행 날이다. 오늘 여행지는 죽기 전에 꼭 한 번 가 봐야 한다는 곳, 이화원이다.

이화원은 서태후의 여름 별장이다. 무엇보다 이화원이 사람들을 끌어들이는 매력은 사람이 직접 만든 호수와 산, 그리고 중국에서 제일 길다는 복도, 장랑과 서태후라는 인물 때문이 아닐까 생각한다.

서태후는 청나라 말기의 독재 권력자이자 함풍황제의 세 번째 태후이다. 동치제의 생모이자 광서제의 이모로 47년에 걸쳐 정치의 실권을 쥐었다. 자희 황태후라고 부르기도 한다.

서태후가 사랑한 여름 별궁, 이화원 호수는 인공호수이다. 서태후는 유흥과 사치로 국고를 탕진하고 온 나라를 힘들게 했다. 독하기로 악명 높은 그녀는 어느 남자에게도 사랑받지 못한 여자였다. 그러나 패션과 미용에 관심이 많아 옷과 신발, 보석은 물론이고 각종 장신구들이 그 수와 질에서 타의 추종을 불허했다. 진주 망토와 미용에도 신경을 많이 썼는데 천연진주를 녹여 마시기도 했다고 한다. 갓 출산한 여자의 젖을 먹었다는 설도 있다.

이화원은 천안문 광장을 기점으로 북서쪽 방향에 있다. 중국에서 제일 길다는 복도, 장랑을 지나 이화원의 인공호수를 만났다. 보는 순간 입이 다물어지지 않는다. 호수 한쪽에는 대리석으로 만든 배가 웅장하다. 서태후를 위해 만들어진 호수라고 하니 그녀의 사치와 낭비, 스케일이 얼마나 대단했었는지를 보여준다. 호수가 아니라 바다가 펼쳐진 느낌이다. 파도가 없는 걸 보면 호수는 분명하다. 인공호수를 만드는데 들어갔을 인력이 과히 상상이 되지 않는다. 호수를 만들기 위해 파낸 흙이 산이 되어 이화원을 감싸 안고 있다. 만리장성이 그러하듯이 이곳 또한 수많은 사람이 집으로 돌아가지 못하고 희생되었다고 한다. 시원하게 펼쳐진 호수를 바라보며 그 아름다움에 젖어만 있기에는 이화원의 얽힌 사연들이 너무 가슴 아프다.

서태후는 야심가였으며 정치에도 흥취를 가졌다. 반면에 함풍 황제의 첫 번째 부인인 동태후는 인자하고 사리 밝은 후덕한 여인이었다. 동태후 때문에 서태후는 대신들에게도 환심을 살 수가 없었다. 서쪽 별궁에 기거한다고 서태후, 동쪽 별궁에 있다하여 동태후라고 했다. 결국 서태후는 동태후를 독살한다. 절대 권력자로 정적政敵들을 가차 없이 처형했다. 허수아비 황제를 내세운 후, 섭정을 하고 황제 아닌 황제가 되어 절대 권력을 누렸다. 그녀는 겨울이든 여름이든 풍경 즐기기를 좋아했다. 이화원 인공호수에 배를 띄우고 꽃구경을 즐겼다고 한다.

미식가이기도 했던 서태후는 하루 식비가 만 명의 농민이 먹는 하루 밥값과 같았다고 하니 늘 잔치를 벌이고 살았나 보다. 그녀는 예술적 소양도 뛰어 났다고 한다. 독재자들 중에는 예술적 기질이 다분한 사람도 많다. 고대 로마의 네로황제도 시인을 자칭했고, 히틀러도 미술학도였다고 하지 않던가. 가까이 김일성도 생전에 문학 소년이었다고 하니 예술을 하는 데에는 인성과 감성이 크게 영향을 주지 않는 것인지도 모를 일이다. 이화원에서 본 서태후의 그림은 수준을 넘어선 듯 아름답게 보였다.

서태후는 개혁파 성향을 가진 조카 광서제를 독살하고 화려한 삶을 마감한다. 사후에 시신이 파헤쳐지기도 했다는데 정말 죽었는지 확인이 필요했을 만큼 독하고 무서운 여자였다고 한다. 그녀는 숨을 거두기 전에 최후의 한마디를 남겼다. 여자를 정사에 참여하는 일이 없도록 하고, 조상으로부터 이어오는 제도에 어긋남이 없도록 할 것이며, 특히 내시內侍는 아무리 작은 권한이라도 갖게 해서는 안 된다는 것이었다.

서태후는 영국의 빅토리아 여왕, 스페인의 이사벨 여왕과 함께 근세에 있어 3대 여왕이라고 일컬어지고 있다. 그녀의 생애에 가장 유감스러웠던 것은 자금성의 정문인 오문의 중간 문으로 들어가 보지 못한 것이었다. 서태후가 오랜 세월 중국을 통치했지만 황제도 아니었고 황후도 아니었다는 것을 말해 주고 있다.

발바닥이 욱신거리는 걸 보니 일정이 끝나가는 모양이다. 이화원 호수에 저녁노을이 깔린다. 수양버드나무 사이로 저무는 붉은 태양이 가슴에 안긴다. 노을을 바라보며 동태후의 고독한 삶의 세월을 생각해 본다.

서태후가 사랑하고 낳은 여름 별궁 이화원, 역사는 어쩌면 동태후보다 악명 높은 서태후를 더 기억하는지도 모른다. 당대 망국의 주범이었지만 지금 후대에는 관광자원이 되어 엄청난 수의 관광객 유치로 돈을 벌고 있다고 생각하니 희비喜悲가 엇갈린다.

늦음 밤 입국 준비에 마음이 바빠진다. 내일 새벽이면 단잠을 자고 있을 가족 생각에 마음은 벌써 한국이다.

연리지처럼

보슬비가 내리는 오후, 화청지로 가는 길목에는 형형색색의 우산 속 사람들의 웃음소리가 떠들썩하다. 화청지는 중국의 4대 미인 중 하나인 양귀비의 이야기가 담겨져 있는 곳으로, 서안 시내 진시황릉으로 가는 길목에 자리 잡고 있다. 당나라 현종과 양귀비가 사랑을 속삭이었던 중국 역사상 가장 로맨틱한 여주인공의 동상이 눈앞에서 백옥의 누드를 뽐내며 서 있다. 요염한 자태에 빠져 발길을 딴 곳으로 돌리는데 시간이 조금 걸렸다.

화청지는 안녹산의 난亂 때에 대부분 불타고 훼손되었다. 현종은 여산에서 내려오는 온천수가 솟아오르는 곳에 양귀비의 목욕탕으로 화청궁을 지어 주었다. 지금도 관광객들에게 둘러싸인

한가운데에는 희뿌연 온천수가 솟아오르고 있다. 두 손을 온천수에 담그니 따뜻한 온기가 온몸으로 전해져 온다. 비 내리는 한적한 누각 뜰을 거닐며 당나라 사람들의 모습이 담긴 벽화 속으로 들어간다.

아들의 아내를 자신의 아내로 만든 현종을 생각하며 수왕 이모의 고뇌를 생각해 본다. 동방예의지국의 자손으로서는 이해가 되지 않는 부분들이다. 여자의 미모에 빠져서 나라를 제대로 다스리지 못한 왕이 과연 위대한 왕이었을까.

시대의 흐름을 바꾸고 38세의 나이로 일생을 마감한 양귀비를 당대의 시인이었던 이백은 아름다운 모란꽃으로 비유하며 예찬했다. 시인 백거이 또한 화려해 보이지만 비극적이었던 현종과 양귀비의 일생을 연리지로 표현했다. 장예모 감독의 〈장한가〉 공연은 주위의 자연 경관과 불빛 조명으로 이루어진 야간 노천 공연장에서 이루어졌다. 상상을 초월하는 무대 출연진과 연출에 눈이 휘둥그레지고, 가슴이 벌렁벌렁 방망이질했다. 여산 전체를 무대 배경으로 만들어 달과 별이 아름답게 수놓았다. 중국어로 된 공연이라 극의 내용은 알지 못하더라도 춤과 노래와 무대 연출만으로도 충분히 아름다운 공연이었다. 현종과 양귀비의 슬픈 최후를 그린 장면은 흩뿌리는 빗줄기와 함께 가슴 깊숙이 스며들었다.

자연을 무대로 한 지상과 천상에서, 현종과 양귀비는 연리지처럼 한 몸이 되어 빛의 향연 속에 막을 내렸다. 조명이 꺼진 공연장에서 낮에 화청지에서 보았던 양귀비의 쓸쓸한 동상의 뒷모습이 아른거렸다. 젊은 나이에 현종과 피난길에서 죽음을 맞아야 했던 그 절절했을 심정을 헤아려 보았다. '하늘을 나는 새가 되면 비익조가 되고, 땅에 나무로 자라면 연리지가 되자고 맹세했었지' 하는 장면은 우중에도 압권이었다.

화산華山

굽이굽이 화산으로 올라가는 셔틀버스 안이다. 일행은 깎아 놓은 듯 보이는 바위산의 절경에 환호성을 지른다.

서안에서 120킬로미터 떨어져 있다는 화산은 용암이 터지고, 마그마 (땅 속 깊은 곳에 녹아 있는 높은 물질) 가 흘러 내려 5악 중의 하나로 산세가 험하기로 유명하다. 형형색색의 돌산이 자욱한 안개 속에서 살아 숨 쉬는 것 같다. 일행은 케이블카에 몸을 실었다.

거대한 화산에 비해 케이블카는 너무 협소하고 부실해서 도무지 정상까지 나를 데려다 줄 것 같지가 않다. 걱정을 앞세우고 화산을 가로 질러 정상을 향해 오른다. 주위의 수려한 경관은 두려움에 조마조마 했던 몸의 긴장을 풀어 준다.

화산은 아름다웠던 양귀비가 생활했던 지역이고, 무협지의 배경으로 실제 무림 고수들이 수행을 했다. 중국 사람들은 이곳을 일컬어 서봉을 '연화' 라고도 하는데 멀리서 보면 한 송이 꽃 같다고 하여 '화산' 이라고 했다.

고개를 이리저리 돌리며 한 폭의 동양화를 보듯 심취해 있는데 우려했던 케이블카가 '끼익끼익' 울음을 토해낸다. 다리가 자동적으로 오므려 든다. 콩닥거리는 가슴을 달래 보려고 죽순처럼 솟아 오른 바위 봉우리를 연신 카메라로 찍어 댄다.

정상에 오르니 화산 오봉이 희뿌연 안개 속에서 어렴풋이 고개를 쳐들고 있다. 빼어난 경관과 기기묘묘한 바위들이 눈을 호강 시킨다. 깎아지른 절벽 위에서 연인들이 사랑을 맹세했는지, 휘날리는 붉은 천 사이로 자물통들의 향연이 진풍경을 이룬다.

전망이 좋은 곳이나 명당자리에는 자물쇠에 기원을 담아 빼곡하게 걸어 놓은 곳이 많다. '서악' 은 화산이 '복산' 이라 하여 열쇠의 종류들도 다양하다. 가정의 평화와 재물, 승진과 장수의 기원까지 세상 사람들이 바라고 기도하는 마음은 어느 곳이든지 비슷한가 보다. 자신의 기원도 두둥실 떠가는 운무에 실어 빌어

본다. 내려오는 케이블카에서는 두려움이 어느새 사라지고 콧노래가 흥겹다.

수천 년 동안 비바람에 씻겨 미끄럼 길 같이 패여 있는 바위를 바라본다. 하늘로 치솟은 봉우리 밑 절벽 사이로 이름 모를 초목이 바람을 타고 하늘하늘 곡예를 한다. 양 어깨에 생계를 짊어지고 아슬아슬하게 올라가는 정상의 짐꾼처럼.

나에게 화산은 오를 때는 남이었다가 내려 올 때는 다정한 친구였다. 정상에서 머물던 서너 시간이 파노라마처럼 지나간다.

병마용갱을 보며

5천 년 대륙의 꿈을 간직한 곳, 병마용갱이 살아 숨 쉬는 역사를 보며 중국은 역시 대국大國임을 가슴으로 느낀다. 산시성의 진시황 지하 궁전이 있는 곳은 세계 8대 불가사의라고 할 만 했다. 거대한 규모와 정교함에 혀를 내두를 정도였다. 흙으로 빚은 병사와 말을 가리키는 병마용은 색까지 입혀진 채로 발굴되기도 했다는데 복원을 하면서 색상이 비눗방울처럼 날아가서 발굴 팀들이 안타까워했다고 한다.

병마갱은 1974년, 농부가 우물을 파다가 발견되었다. 1호~3호갱까지 무려 8,000개가 넘는 병마들은 실물을 모델로 정하고 눈, 코, 입까지 세심하게 만들어졌다. 병마용은 진나라 때 진시황이 사후에 자신의 무덤을 지키기 위해 진흙으로 병사와 말을 만들어 배치시켰다고 한다. 그 엄청난 규모에 이천 년 전의 기운을 보는 듯했다. 기원전 246년, 13살의 나이로 즉위한 진시황은 39세에 통일제국을 건설했다. 진시황의 불로장생의 꿈은 죽어서도 권력을 지키려 했던 덧없는 욕망의 결과였다. 죽으면 한낱 물거품처럼 사라지는 덧없는 꿈이라는 것을 사후엔들 알았을까. 권력의 집착을 버리지 못하고 영원히 살려고 했던 진시황의 집착이 인간의 모습일까.

세계자연유산에 등재된 표지석 앞에서 일행은 사진 촬영으로 추억을 만든다. 전동차를 타고 진시황릉 주변을 돌아본다. 멀리 평범한 야산처럼 보이는 것이 진시황릉이라는 여행 가이드의 설명에 가까이에서 자세히 보지 못한 아쉬움이 남는다, 황릉은 기술적인 문제로 아직 발굴 되지 않고 있다고 한다. 진시황의 유적지를 돌아보며, 어느 나라든지 지나온 역사 속에 발굴 되지 않은 유산과 유적들이 많지 않을까 가늠해 본다.

현 시대가 지하에 묻히려면 몇 천 년이 흘러야 될까. 역사 속에 묻힐 먼 훗날에 후손들에게는 어떤 표지석으로 서 있게 될까.

전동차에서 내려 손을 번쩍 들어 일행 속으로 합류한다. 진시황릉이 발굴되면 다시 찾아올 수 있으려나.

길 위에서

길 위에서 사색에 잠긴다. 길 위에서 행복하고 외롭다. 길 위에서 또 다른 길을 찾는다.

언제부터인가 아름다운 길을 찾아다니는 습관이 생겼다. 요즘은 전국 어디에서나 그 지방의 특색을 살린 둘레길이 많이 생겨나고 있다. 100킬로미터 이상 길게 구성된 둘레길도 있고, 산책하듯 걸을 수 있는 올레길도 곳곳에 많다. 동일한 길이라 해도 어느 계절에 누구와 거니느냐에 따라 아름답게 보이기도 하고, 쓸쓸하게 보이기도 한다. 어느 길이든 전 면목을 경험하려면 순방향과 역방향으로도 걸어봐야 한다. 길에는 여러 가지 길이 있지만 나는 특히 해변 길 걷기를 좋아한다. 밀려오는 파도를 보고 있으면 가슴이 뻥 뚫린다. 갈매기 끼륵끼륵 나는 망망대해는 삶의 근심도 어느새 멀리 날려 보낸다.

몇 해 전, 겨울 여행길이었다. 강원도 횡성, 눈 내리는 산골마을로 찾아드는 만물상회 이동시장을 만났다. 잡동사니 생필품과 식자재를 트럭에 싣고 중년의 부부가 장사를 했다. 정말 없는 게 없었다. 그야말로 만물상회라 할 만했다. 털모자를 꾹 눌러쓴 아저씨는 마이크를 이용하여 사람들을 불러 모았다. 눈이 내려 한 폭의 동양화처럼 아름다운 산골에 금방 사람들이 몰려들었다. 남녀노소 구분도 없었다. 아이들도 눈 만난 강아지마냥 좋아서 폴짝폴짝 뛰었다. 행거에 걸린 예쁜 옷을 사 달라고 보채는 아이들을 보며 내 어릴 적 설날이 다가오면 나도 옆집 친구가 신고 있는 빨간 구두를 사달라고 어머니를 졸랐던 생각이 난다. 그 기억이 떠올라 아이들과 동심에 젖었다. 구매한 물건을 담으려고 큰 소쿠리를 가지고 오는 아주머니도 있고, 아예 손수레를 끌고 오는 할아버지도 있었다. 산골이라 눈도 잦고 인근에 버스도 들어오지 않아 모두들 이동시장을 기다린 것 같았다.

부부는 거동이 불편한 사람들의 주문을 받아 직접 집으로 배달 해 주기도 했다. 물건을 팔며 신명이 난 부부는 여기 오신 분들은 모두 몇 십여 년 된 단골이라고 내게 살짝 귀띔 해 주었다.

트럭 한쪽에는 김이 모락모락 나는 어묵꼬지가 시장기를 부추겼다. 어묵은 물건을 사러 오는 사람들을 위한 서비스라고 했다. 할머니 한 분은 따끈한 고구마를 이들 부부에게 건네주었다. 다니다 보면 배고프다고 챙겨 주는 간식이라고 했다. 한순간에 트럭에 가득했던 물건들은 사라지고 빈자리가 군데군데 드러났다. 설 대목장까지 보는 사람들에게는 이것저것 덤으로 더 챙겨 주는 이들을 보며 훈훈한 정을 느꼈다.

눈 덮인 길 위에 이동시장은 막을 내리고 재잘거리던 아이들도 어머니의 가득 찬 장바구니를 따라 하나둘, 보금자리로 사라졌다. 부부는 또 다시 다음 행선지로 떠날 채비를 했다. 산골마을 길모퉁이로 트럭은 점점 멀어져 가고, 우리 일행도 차에 올랐다. 꾸불꾸불 굽이굽이 넘어 가는 산길 위에 눈바람이 매서웠다. 계절의 바뀜에 즐거웠다가 외로웠다가 하는 길, 초록의 숲길에서 낙엽의 길이 되기도 하는 길, 앙상한 가지 위에 흰 꽃을 피우고 보얀 눈길에 가슴 설레며 되돌아오기도 하는 길, 그러나 우리 인생의 마지막 길에는 유턴은 없다. 사람은 태어날 때 주먹을 쥐고 태어나지만 가는 길에는 주먹을 편다고 한다. 아무것도 가진 것 없이 떠난다는 의미일 것이다. 사는 동안에 메마른 이 사회에 작은 빛이나마 될 수 있다면 얼마나 좋을까.

오늘도 나는 길을 찾아 나선다. 늘 다니는 길은 어머니의 품속처럼 편안하다. 낯선 길은 기대와 설렘이 있어 좋다. 두 갈레 길 위에서 잠시 걸음을 멈춘다. 좁은 숲길과 신작로 길이 나의 선택을 기다린다.

지난날, 내가 걸어 온 길은 좁은 숲길이었다. 가다가 다리가 아파도 뒤돌아 볼 수도 없었다. 이제 나는 신작로 길로 발걸음을 옮긴다. 천천히 서두르지 않고 걸어간다. 지저귀는 새들의 합창에 귀를 기울인다. 내가 선택한 그 길에 새로운 희망을 꿈꾼다. 길 위에서.

발 | 문

진솔하고 유쾌한 삶의 메시지

박 기 옥 수필가

1

수필가 박미정은 부지런하고 배짱이 두둑한 작가이다. 그는 등단 이후 폭풍처럼 작품을 쏟아내어 주위를 놀라게 했다. 첫 수필집 『억새는 홀로 울지 않는다』는 80여 편의 작품 중에서 분야별로 60편을 솎은 것이다.

수필집은 총 4부로 나뉘어져 있다. 제1부는 「감꽃이 필 무렵」 외 서정 수필 류로, 제2부는 「억새는 홀로 울지 않는다」 외 봉사활동 수필 류로, 제3부는 「똥통 이야기」 외 서사 수필 류로, 제4부는 「시산제가 있는 풍경」 외 기행 수필 류로 엮었다.

그의 수필은 대체로 토속적이다. 시댁이 경남 밀양인 것과도 관련이 있을 것이다. 작품의 저변에는 자연과 인간이 공존하고 있다. 자연의 순리와 인간의 본성이 작가의 몸속에 들어와 충분히 발효되어 독자로 하여금 미소를 머금게 한다. 「감꽃이 필 무렵」을 보자.

> 시골집 앞마당에는 60년 된 감나무가 장승처럼 서 있다. 시어머니가 시집 와서 심은 나무다. 아버님이 외도로 집을 비울 때마다 어머님은 대청마루에 우두커니 앉아서 감나무를 바라보며 남편을 기다렸다. 밤을 꼬박 새운 날도 하루 이틀이 아니었다. 감나무는 말이 없고 바람 부는 대로 흔들렸다. 장마철에는 지루하게 내리는 비를 맞으며 밤을 밝히기도 했다. 감나무는 아버님의 모습이었다가 어머님의 모습이었다가 했다.

작가는 이쯤에서 재미있는 삽화를 살짝 집어넣는다.

> 어느 봄 농사일도 바쁘고 자식들은 감꽃을 꿰어 목걸이를 만들며 뛰어다니는데 기막힌 심정을 어디에도 호소할 데가 없어 어머님은 아버님을 찾아 나섰다. 동네방네 애타게 찾아봐도 남편은 보이지 않고 설상가상으로 일꾼이 달려와 송아지가 없어졌다고 알려왔다. 남편을 찾는 건지 송아지를 찾는 건지 하루 종일 헤매다가 허탈한 마음으로 집으로 돌아와 방문을 열었더니 아랫목에서 송아지가 '음메에' 하며 인

사를 했다. 경황 중에 방문이 열린 틈을 타서 송아지가 안방으로 들어간 모양이었다. 남편 대신 아랫목을 차지하고 있는 송아지가 반갑기도 하고 어이없기도 하여 빗자루를 들고 때리려 하다가 송아지나마 방에 있음이 고마워 슬그머니 물러나고 말았다.

-「감꽃이 필 무렵」에서

이번에는 똥통 이야기이다. 작가는 먼저 88올림픽 이후부터 우리나라의 공중화장실이 서구형으로 바뀐 사실을 언급한다. 이어 춘천시에서는 '아름다운 화장실 공모전' 을 열어 '헨젤과 그레텔 화장실' 을 수상한 바 있는가 하면 화장실이 단순히 배설을 하는 곳만이 아닌 인간을 위한 공간으로 진화하여 좌변기 안의 센서를 통해 박테리아 및 당 수치를 점검 할 수 있도록 준비단계에 있다고 밝힌다. 여기서 작가는 새댁 시절 시댁에서 있었던「똥통 이야기」를 끌어 온다.

우려하던 일이 벌어졌다. 조심조심 흙담에 올라서는 순간 발을 헛디뎌 흙담이 와르르 무너지고 말았다. 나는 하마터면 똥통 위에 걸쳐져 있는 막대기 2개와 함께 똥통으로 빠질 뻔 했다. 황당하고 난감했다. 내일이면 설날이라 차례를 지낸 재관들이 뒷간 출입을 해야 할 텐데 어찌하면 좋단 말인가. 비명 소리에 달려 나온 어머님은 뒷간이 폭삭

내려 앉아 흔적도 없이 사라진 것을 보고는 기가 찬 듯이

"살다 살다 뒷간 부숴 먹는 며느리는 처음 본다."

고 하며 혀를 찼다.

-「똥통 이야기」에서

2

수필문학이 인문학적 성찰을 근간으로 출발한다고 볼 때 작가는 항상 깨어있는 정신으로 자신이 숨 쉬고 있는 땅을 굳건히 두 발로 딛고 서 있어야 할 것이다. 타 장르에 비해 수필이 크게 심적 힐링에 설득력을 지닌 이유이다. 박미정은 30년째 봉사활동을 해 온 사람이다. 그의 삶은 각종 봉사활동으로 점철되어 있다고 해도 과언이 아니다. 당연히 첫 수필집의 타이틀이 된「억새는 홀로 울지 않는다」도 봉사활동을 주제로 한 작품이다. 시에서 주관하는 '시각장애인 등반 행사'에 봉사자로 참여하게 된 경험을 살린 수필이다. 시각 봉사는 몸으로만 하는 것이 아니다. 앞이 보이지 않기 때문에 출발에서 마무리까지 고도의 집중력을 요하는 강성 노동이다. 장애인과 함께 정상을 향해 사투를 벌이는 모습이 눈물겹다.

한 시간쯤 지났을까. 땀이 범벅이 된 그가 바윗돌에 발이 부딪혀 체

중 전부를 나의 팔에 실어왔다. 나 또한 나무 밑동에 발이 걸려서 하마터면 좁은 산길에서 두 사람이 가파른 골짜기로 굴러 떨어질 뻔했다. 아찔한 현기증이 등줄기를 훑었다. 누가 먼저랄 것도 없이 제자리에 털썩 주저앉고 말았다. 환장할 환장고개가 코앞에서 애를 태우고 있었다. 차라리 포기하고 싶었다.

"그 놈의 정상은 어디에 있는가?"

퍼질러 앉은 채로 울고 싶었다.

-「억새는 홀로 울지 않는다」에서

바람도 잠이 든 오르막길에서 두 사람의 신음 소리가 높아질 즈음 산정상이 눈앞에서 손짓을 했다. 나도 모르게 환희의 목소리로 부르짖었다.

"정상이 우리 앞에 있습니다."

'눈앞에 보인다' 는 말은 차마 할 수 없었다. 그는 감격과 안도의 미소를 지으며

"봉사자님 고맙습니다"

우리는 서로 얼싸안았다. 누가 먼저랄 것도 없이 어깨를 들썩이며 울음을 터뜨리고 말았다. 일반인보다 두 시간이나 더 걸린 그와 나의 사투였다.

-「억새는 홀로 울지 않는다」에서

작가에게 봉사는 삶 그 자체로 보인다. 이번에는 「빛과 소금」을 보자.

“오랫동안 활동을 같이 해 온 봉사단체의 고문이 죽음을 앞에 두고 상심에 잠겨 있다.

‘자네는 내가 저 세상 가면 국화꽃 한 송이 가지고 올 수 있겠나?’ ”

는 질문에 작가는 당혹스럽다. 고문은 며칠 전에 친한 벗 한 분이 고인이 되었다며 이 나이가 되고 보니 남의 일 같지 않다고 말한다. 여기서도 작가의 빛나는 예지가 보인다.

이제 나는 어르신이 먼저 간 친구 생각에서 벗어날 때까지 힘이 되어드리려 한다. 식탁 위, 계란 앞에 놓인 소금 한 줌이 형광등 불빛에 반짝인다. 껍질을 벗기고, 그 위에 소금을 살살 뿌려 어르신께 건넨다. 건강을 비는 내 마음과 함께.

계란을 받아드는 그의 눈가에 이슬이 맺힌다. 나는 애써 외면하며 어르신과 함께 봉사활동을 하며 행복했던 그 시절로 분위기를 바꾸어 본다.

“고문님, 연탄구멍이 몇 개인지 아시는지요? 모르시면 내일까지 숙제입니다.”

- 「빛과 소금」에서

3

문학은 '감동' 을 생명으로 한다. 그러나 수필은 일상성이라는 안일함 때문에 감동의 고지를 비켜갈 수가 있다. 낯설기의 도입이 필요한 이유이다. 수필가 박미정은 생활밀착형 작가이다. 자신을 드러내는 데 주저함이 없다. 그런가 하면 은근슬쩍 낯설기를 시도한다. 「요단강 나룻배」를 보자.

이 작품은 늦은 밤 집으로 돌아오는 아파트 엘리베이터에서 일어난 사고를 소재로 한 수필이다. 옷자락이 엘리베이터 문에 끼어 복도 계단 밑으로 굴러 떨어졌다. 혼수상태 중 119에 실려 MRI 촬영을 하면서 작가는 요단강을 헤맨다.

칠흑 같은 어둠 속에 불빛이 희미한 넓은 강이 펼쳐졌다. 이승과 저승을 가르는 요단강이었다. 형색이 남루한 사람들이 한 척의 나룻배를 타고 어디론가 가고 있었다. 그 선두에 검은 옷과 모자를 쓴 남자가 나더러 마지막이니 빨리 타라고 손짓을 했다. 나는 급히 나룻배에 올랐다. 그런데 배가 한쪽으로 기울기 시작했다. 70Kg에 육박하는 체중 때문일 터였다. 검은 옷을 입은 남자가 나를 도로 끌어내렸다. 나는 졸지에 배가 떠난 어두운 강가에 홀로 남았다.

- 〈요단강 나룻배〉에서

작가는 이후 몇 번이나 다이어트를 하려고 마음먹다가도 혹여 다이어트에 성공하게 되면 저승사자가 배 타러 가자고 잡으러 올 것 같다고 너스레를 떨면서 '덤으로 얻은 인생 오늘도 밥값은 내가 쏜다' 고 호기를 부린다. 그의 배짱이 묻어나는 수필 한 편 더 보자. 「나더러 어떡하라고」이다.

이 작품도 70Kg에 육박하는 체중이 소재이다. 엘리베이터에서 정원초과로 경보음이 울렸을 때 사람들이 미리 탄 자신을 힐끔힐끔 쳐다보는 이야기에서부터 제주도에서 그를 태운 말이 생똥을 싸며 거부한 이야기를 하다가 뷔페식당에서 억울하게 벌금 문 사실까지 털어놓는다. 택시는 어떤가. 여차하면 요금은 조수석에 탄 그의 몫이다.

올 때 같이 왔던 일행들이 택시를 또 함께 탔다. 나는 역시 조수석이다. 이번엔 뒷좌석의 일행이 오만 원짜리 신사임당 지폐를 차비로 낸다. 운전기사는 우아한 신사임당이 부담스러웠던지 만 원짜리 세종대왕을 자꾸 찾는다. 잠시 침묵이 흐른다. 기사는 뒷자리보다는 옆자리가 만만한지 나를 힐끔 쳐다본다. 나더러 어떡하라고, 올 때도 내가 냈구만.

- 〈나더러 어떡하라고〉에서

4

박미정의 수필집 『억새는 홀로 울지 않는다』에는 소통과 포용, 그리고 다양함이 있다. 그는 태생적으로 삶을 진솔하고 유쾌하게 풀어내는 재능을 지닌 것 같다. 수필가로서의 대단한 장점이다. 독자는 아마도 그의 수필에서 재미와 위안을 누릴 것이다. 그러나 거기서만 머물면 어찌 훌륭한 수필가라 할 수 있으랴.

우리는 지금 엄청난 변혁의 시대에 살고 있다. 아날로그에서 디지털 시대로의 변화는 작가에게 무한한 상상력과 감수성을 요구한다. 어느 시대나 작가에게는 시대와 현상을 새롭게 인식하려는 부단한 노력이 필요한 것과 같은 이치다.

오늘의 수필은 다면적이면서도 입체감 있는 구조와 정서의 지성화가 요구된다. 작가에게 독자는 늘 '먼 그대' 이다. 자기 안에 갇힌 나르시시즘적 정서만으로는 독자에게 긴 감동을 줄 수 없다. 더 깊은 철학적 사유와 뼈를 깎는 고통을 가지고 독자와 눈 맞춤을 할 수 있어야 진정한 문학인이라 할 수 있을 것이다. 박미정의 첫 수필집 『억새는 홀로 울지 않는다』 상재를 축하하며 외롭고 힘든 문학의 세계로 등을 떠민다.